普通高等教育动画类专业"十三五"规划教材

动画剧本创作（第二版）

Animation Script Writing

高思 编著

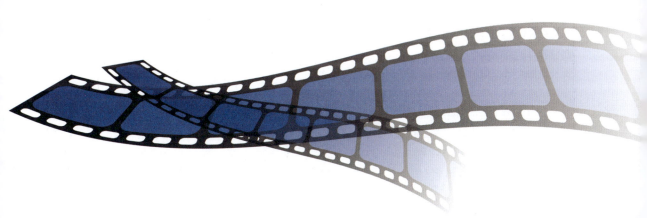

清华大学出版社
北京

内容简介

动画剧本创作是动画专业学生的必修课,是学习动画专业知识的核心课程。

本书共分7章,内容包括动画剧本概述、故事、人物、场景、幕、写作、影片剧本结构分析,为学生提供了一套全面、系统、规范的动画剧本创作学习的内容结构。

本书选取了多部不同风格类型的优秀影片,如《风之谷》《美食总动员》《小鸡快跑》《飞屋环游记》《僵尸新娘》《我在伊朗长大》《蓝精灵》《加菲猫》《哈尔的移动城堡》《借东西的小人阿莉埃蒂》《天空之城》《丑小鸭》《彼得与狼》等多部经典短片。针对以上影片片段中有关故事结构、人物要素、幕结构、场景设计、写作技巧、对白设计、剧作元素等进行了全面彻底的分析。

本书不仅适用于全国高等院校动画、游戏等相关专业的教师和学生,还适用于从事动漫游戏制作、影视制作以及要参加专业入学考试的人员。

本书封面贴有清华大学出版社防伪标签,无标签者不得销售。

版权所有,侵权必究。举报:010-62782989,beiqinquan@tup.tsinghua.edu.cn。

图书在版编目(CIP)数据

动画剧本创作/高思 编著. —2版. —北京:清华大学出版社,2018(2024.8重印)
(普通高等教育动画类专业"十三五"规划教材)
ISBN 978-7-302-48575-9

Ⅰ.①动… Ⅱ.①高… Ⅲ.①动画片—剧本—创作方法—高等学校—教材 Ⅳ.①I053.5 ②J954

中国版本图书馆CIP数据核字(2017)第249881号

责任编辑:李 磊
装帧设计:王 晨
责任校对:成凤进
责任印制:杨 艳

出版发行:清华大学出版社
  网   址:https://www.tup.com.cn,https://www.wqxuetang.com
  地   址:北京清华大学学研大厦A座   邮   编:100084
  社 总 机:010-83470000   邮   购:010-62786544
  投稿与读者服务:010-62776969,c-service@tup.tsinghua.edu.cn
  质 量 反 馈:010-62772015,zhiliang@tup.tsinghua.edu.cn

印 装 者:三河市龙大印装有限公司
经   销:全国新华书店
开   本:185mm×250mm   印 张:10   字 数:213千字
              (附小册子1本)
版   次:2013年6月第1版 2018年1月第2版   印 次:2024年8月第13次印刷
定   价:49.80元

产品编号:075391-01

普通高等教育动画类专业"十三五"规划教材
专家委员会

主　编	鲁晓波	清华大学美术学院	院长
余春娜	王亦飞	鲁迅美术学院影视动画学院	院长
天津美术学院动画艺术系	周宗凯	四川美术学院影视动画学院	副院长
主任、副教授	史　纲	西安美术学院影视动画学院	院长
	韩　晖	中国美术学院动画艺术系	系主任
副主编	余春娜	天津美术学院动画艺术系	系主任
赵小强	郭　宇	四川美术学院动画艺术系	系主任
孔　中	邓　强	西安美术学院动画艺术系	系主任
高　思	陈赞蔚	广州美术学院动画艺术系	系主任
	薛　峰	南京艺术学院动画艺术系	系主任
	张茫茫	清华大学美术学院	教授
编委会成员	于　瑾	中国美术学院动画艺术系	教授
余春娜	薛云祥	中央美术学院动画艺术系	教授
高　思	杨　博	西安美术学院动画艺术系	教授
杨　诺	段天然	中国人民大学艺术学院动画艺术系	教授
陈　薇	叶佑天	湖北美术学院动画艺术系	教授
白　洁	陈　曦	北京电影学院动画学院	教授
赵更生	薛燕平	中国传媒大学动画艺术系	教授
刘晓宇	林智强	北京大呈印象文化发展有限公司	总经理
潘　登	姜　伟	北京吾立方文化发展有限公司	总经理
王　宁	赵小强	美盛文化创意股份有限公司	董事长
张乐鉴	孔　中	北京酷米网络科技有限公司	创始人、董事长
张茫茫			

丛书序

动画专业作为一个复合性、实践性、交叉性很强的专业，教材的质量在很大程度上影响着教学的质量。动画专业的教材建设是一项具体常规性的工作，是一个动态和持续的过程。配合"十三五"期间动画专业卓越人才培养计划的方案，结合实际优化课程体系、强化实践教学环节、实施动画人才培养模式创新，在深入调查研究的基础上根据学科创新、机制创新和教学模式创新的思维，在本套教材的编写过程中我们建立了极具针对性与系统性的学术体系。

动画艺术独特的表达方式正逐渐占领主流艺术表达的主体位置，成为艺术创作的重要组成部分，对艺术教育的发展起着举足轻重的作用。目前随着动画技术发展的日新月异，对动画教育提出了挑战，在面临教材内容的滞后、传统动画教学方式与社会上计算机培训机构思维方式趋同的情况下，如何打破这种教学理念上的瓶颈，建立真正的与美术院校动画人才培养目标相契合的动画教学模式，是我们所面临的新课题。在这种情况下，迫切需要进行能够适应动画专业发展自主教材的编写工作，以便引导和帮助学生提升实际分析问题解决问题的能力以及综合运用各模块的能力，高水平动画教材的出现无疑对增强学生的专业素养起到了非常重要的作用。目前全国出版的供高等院校动画专业使用的动画基础书籍比较少，大部分都是没有院校背景的业余培训部门出版的纯粹软件讲解，内容单一，导致教材带有很强的重命令的直接使用而不重命令与创作的逻辑关系的特点，缺乏与高等院校动画专业的联系与转换以及工具模块的针对性和理论上的系统性。针对这些情况我们将通过教材的编写力争解决这些问题。在深入实践的基础上进行各种层面有利于提升教材质量的资源整合，初步集成了动画专业优秀的教学资源、核心动画创作教程、最新计算机动画技术、实验动画观念、动画原创作品等，形成多层次、多功能、交互式的教、学、研资源服务体系，发展成为辅助教学的最有力手段。同时在视频教材的管理上针对动画制作软件发展速度快的特点保持及时更新和扩展，进一步增强了教材的针对性，突出创新性和实验性特点，加强了创意、实验与技术的整合协调，培养学生的创新能力、实践能力和应用能力。在专业教材建设中，根据人才培养目标和实际需要，不断改进教材内容和课程体系，实现人才培养的知识、能力和素质结构的落实，构建综合型、实践型、实验型、应用型教材体系。加强实践性教学环节规范化建设，形成完善的实践性课程教学体系和实践性课程教学模式，通过教材的编写促进实际教学中的核心课程建设。

依照动画创作特性分成前中后期三个部分，按系统性观点实现教材之间的衔接关系，规范了整个教材编写的实施过程。整体思路明确，强调团队合作，分阶段按模块进行，在内容上注重在审美、观念、文化、心理和情感表达的同时能够把握文脉，关注精神，找到学生学习的兴趣点，帮助学生维持创作的激情，厘清进行动画创作的目的，通过动画系列教材的学习需要首先明白为什么要创作，才能使学生清楚创作什么，进而思考选择什么手段进行动画创作。提高理解力，去除创作中的盲目性、表面化，能够引发学生对作品意义的讨论和分析，加深学生对动画艺术创作的理解，为学生提供动画的创作方式和经验，开阔学生的视野和思维，为学生的创作提供多元思路，使学生明确创作意图，选择恰当的表达方式，创作出好的动画作品。通过这样一个关键过程使学生形成健康的心理、开朗的心胸、宽阔的视野、良好的知识架构、优良的创作技能。采用多种方式，引导学生在创作手法上实现手段的多样，实验性的探索，视觉语言纵深以及跨领域思考的提升，学生对动画创作问题关注度敏锐

度的加强。在原有的基础上提高辅导质量，进一步提高学生的创新实践能力和水平，强化学生的创新意识，结合动画艺术专业的教学特点，分步骤分层次对教学环节的各个部分有针对性地进行了合理规划和安排。在动画各项基础内容的编写过程中，在对之前教学效果分析的基础上，进一步整合资源，调整了模块，扩充了内容，分析了以往教学过程的问题，加大了教材中学生创作练习的力度，同时引入先进的创作理念，积极与一流动画创作团队进行交流与合作，通过有针对性的项目练习引导教学实践。积极探索动画教学新思路，面对动画艺术专业新的发展和挑战，与专家学者展开动画基础课程的研讨，重点讨论研究动画教学过程中的专业建设创新与实践。进一步突出动画专业的创新性和实验性特点，加强创意课程、实验课程与技术类课程的整合协调，培养学生的创新能力、实践能力和应用能力，进行了教材的改革与实验，目的使学生在熟悉具体的动画创作流程的基础上能够体验到在具体的动画制作中如何把控作品的风格节奏、成片质量等问题，从而切实提高学生实际分析问题与解决问题的能力。

  在新媒体的语境下，我们更要与时俱进或者说在某种程度上高校动画的科研需要起到带动产业发展的作用，需要创新精神。本套教材的编写从创作实践经验出发，通过对产业的深入分析以及对动画业内动态发展趋势的研究，旨在推动动画表现形式的扩展，以此带动动画教学观念方面的创新，将成果应用到实际教学中，实现观念、技术与世界接轨，起到为学生打开全新的视野、开拓思维方式的作用，达到一种观念上的突破和创新，我们要实现中国现代动画人跨入当今世界先进的动画创作行列的目标，那么教育与科技必先行，因此希望通过这种研究方式，为中国动画的创作能够起到积极的推动作用。就目前教材呈现的观念和技术形态而言，解决的意义在于把最新的理念和技术应用到动画的创作中去，扩宽思路，为动画艺术的表现方式提供更多的空间，开拓一块崭新的领域，同时打破思维定式，提倡原创精神，起到引领示范作用，能够服务于动画的创作与专业的长足发展。另一方面根据本专业"十三五"规划的目标和要求，教材的内容对于卓越人才培养计划，本科教学质量与教学改革以及创新团队培养计划目标的完成都有积极的推动作用。

余春娜
天津美术学院动画艺术系

前言

剧本创作是动画创作的基础,就像人类发明宇宙飞船登上月球探索外太空,那么地球则是人类创造这一奇迹的唯一基础平台。剧本就如同我们生活的地球一样,早在几亿年前地球就像一张白纸,自从人类出现在地球上,就开始了神来之笔的创造,建筑、汽车、电脑、网络、手机、机器人等高科技产业,就如同白纸黑字一样烙印在地球上。

近年来随着中国对动画创意产业的大力支持,大批量地生产动画,可是我们看到的优秀作品却只是凤毛麟角。因为原创性的东西太少,大多数公司只是盲目地模仿日本和欧美的优秀动画片,从整体风格、人物设定到故事结构都如出一辙,就连镜头角度和人物的位置关系都一成不变地挪用过来,只是给影片换了一张"中国脸"。作为一个动漫人,或多或少我们应该对此有所反省。

中国动画创意产业的发展离不开优秀的剧本,如今各大院校都陆续开设了动画专业课程,但是对动画剧本创作方面的教育研究仍然有所不足。至今为止,几乎所有学校都在复制同一种课程的内容,有些模式的条条框框太多。甚至一些院校还没有剧本创作课程,以至于学生在做毕业设计的时候作品不是缺乏创意,就是让人们看了之后不知所云。在创新方面,皮克斯和迪士尼公司都是行业中的先驱。

动画剧本创作与影视剧本创作极为相似,大多数基础理论也植根于电影剧作的结构范围之内。但不同的是,动画的表现形式的独特性决定了在故事整体构思、塑造人物形象、场景设计等方面,有其独特的创作方法。动画创作者需要一本针对动画剧本创作特性的图书。本书共分7章,内容包括动画剧本概述、故事、人物、场景、幕、写作、影片剧本结构分析,为学生提供了一套全面、系统、规范的动画剧本创作学习的内容结构。

本书由高思编写,在成书的过程中,余春娜、李兴、王宁、杨宝容、杨诺、白洁、张乐鉴、张茫茫、赵晨、刘晓宇、马胜、赵更生、陈薇、贾银龙等人也参与了本书的编写工作。由于作者编写水平有限,书中难免有疏漏和不足之处,恳请广大读者批评、指正。

本书提供了PPT课件和考试题库答案等立体化教学资源,扫一扫左侧的二维码,推送到邮箱后下载获取。

编 者

目录

第1章 动画剧本概述

1.1 动画剧本概述 ·· 2
1.2 如何创意 ·· 2
1.3 动画剧本的形式 ··· 4
    1.3.1 实验动画短片 ··· 4
    1.3.2 系列动画片 ··· 5
    1.3.3 连续动画片 ··· 6
    1.3.4 影院动画片 ··· 7
1.4 动画题材类型 ··· 8
    1.4.1 爱情类型 ··· 8
    1.4.2 成长类型 ··· 10
    1.4.3 动作冒险类型 ··· 11
    1.4.4 犯罪/侦探类型 ·· 13
    1.4.5 恐怖/惊悚类型 ·· 14
    1.4.6 超级英雄类型 ··· 15
    1.4.7 麻烦家伙类型 ··· 17
    1.4.8 愚者成功类型 ··· 18
    1.4.9 如愿以偿类型 ··· 19
    1.4.10 家庭生活类型 ··· 20
    1.4.11 惩罚类型 ··· 22
    1.4.12 体育竞技类型 ··· 23
    1.4.13 机器人科幻类型 ··· 24
    1.4.14 魔法奇幻类型 ··· 25

第2章 故事

2.1 故事概述 ·· 28
    2.1.1 故事结构 ··· 28
    2.1.2 故事事件 ··· 28
    2.1.3 故事价值 ··· 29
2.2 情节 ··· 29
    2.2.1 悬念 ··· 29
    2.2.2 冲突 ··· 30
2.3 故事背景 ·· 33
    2.3.1 时代 ··· 34
    2.3.2 期限 ··· 34
    2.3.3 地点 ··· 34
    2.3.4 冲突层面 ··· 34

2.4 故事主线···35
　2.4.1 不自觉与自觉欲望·······························35
　2.4.2 求索之路···35
　2.4.3 激励事件···36
　2.4.4 故事鸿沟···37

第3章 人物

3.1 人物塑造···40
　3.1.1 人物压力···41
　3.1.2 人物揭示···41
　3.1.3 两难选择···42
3.2 人物设计的要素·······································44
　3.2.1 戏剧性需求·······································44
　3.2.2 观点··45
　3.2.3 态度··46
　3.2.4 变化、转变·······································47
3.3 主人公···49
　3.3.1 主人公的类型····································49
　3.3.2 主人公的特点····································51
　3.3.3 主动主人公与被动主人公·····················53
3.4 小人物、小角色·······································55
3.5 台词···56
　3.5.1 潜台词··57
　3.5.2 对白··57
　3.5.3 旁白··59
　3.5.4 内心独白···60
3.6 人物塑造的5个诀窍··································61
　3.6.1 人物就是自知····································61
　3.6.2 动作就是人物····································61
　3.6.3 给人物一个安身之处····························62
　3.6.4 热爱所有的人物·································62
　3.6.5 负面角色要更强大·······························62

第4章 场景

- 4.1 场景的基本概念 …………………………………… 64
- 4.2 场景的要素 ………………………………………… 64
  - 4.2.1 地点 ……………………………………… 65
  - 4.2.2 时间 ……………………………………… 65
- 4.3 场景目标 …………………………………………… 65
- 4.4 场景内的冲突 ……………………………………… 66
- 4.5 场景的转折点 ……………………………………… 67
- 4.6 节拍、序列 ………………………………………… 68
- 4.7 场景设计技巧 ……………………………………… 72
  - 4.7.1 确定冲突 ………………………………… 72
  - 4.7.2 确认开篇价值 …………………………… 72
  - 4.7.3 将场景分为节拍 ………………………… 73
  - 4.7.4 比较结尾和开端价值 …………………… 74
  - 4.7.5 确定转折点的位置 ……………………… 75

第5章 幕

- 5.1 幕的基本概念 ……………………………………… 78
  - 5.1.1 一幕故事 ………………………………… 78
  - 5.1.2 两幕故事 ………………………………… 78
  - 5.1.3 三幕故事 ………………………………… 79
- 5.2 第一幕 ……………………………………………… 81
  - 5.2.1 前10分钟 ………………………………… 82
  - 5.2.2 推动 ……………………………………… 82
  - 5.2.3 争执 ……………………………………… 82
- 5.3 第二幕 发展 ……………………………………… 88
  - 5.3.1 衔接点 …………………………………… 88
  - 5.3.2 第二故事 ………………………………… 88
  - 5.3.3 娱乐游戏 ………………………………… 88
  - 5.3.4 中间点 …………………………………… 89
  - 5.3.5 一无所有 ………………………………… 89
  - 5.3.6 黎明前的黑夜 …………………………… 89
  - 5.3.7 假结尾 …………………………………… 94
- 5.4 第三幕 结局 ……………………………………… 95
  - 5.4.1 闭合式结局 ……………………………… 95
  - 5.4.2 开放式结局 ……………………………… 98

第6章 写作

- 6.1 作家的工作 ····· 100
- 6.2 剧本格式 ····· 100
  - 6.2.1 字体和行间距 ····· 100
  - 6.2.2 片名标题页设置 ····· 101
  - 6.2.3 场景的写作 ····· 101
  - 6.2.4 声效 ····· 103
- 6.3 写作技巧 ····· 104
  - 6.3.1 从里到外写作 ····· 104
  - 6.3.2 展示、不要告知 ····· 105
  - 6.3.3 对抗的原理 ····· 105
  - 6.3.4 伏笔、分晓 ····· 106
  - 6.3.5 因果与巧合 ····· 107
  - 6.3.6 闪回 ····· 109
  - 6.3.7 噱头、反复的噱头 ····· 110
- 6.4 宫崎骏先生的作品解析 ····· 111
  - 6.4.1 题材、思想与风格 ····· 111
  - 6.4.2 宫崎骏笔下的那些角色 ····· 115
  - 6.4.3 土地对宫崎骏动漫的影响 ····· 117

第7章 影片剧本结构分析

- 7.1 《风之谷》剧本结构分析 ····· 122
  - 7.1.1 第一幕 ····· 122
  - 7.1.2 第二幕衔接点 ····· 126
  - 7.1.3 第三幕衔接点 ····· 133
  - 7.1.4 潜藏的含意 ····· 135
- 7.2 《机器人总动员》剧本结构分析 ····· 136
  - 7.2.1 似而不同 ····· 137
  - 7.2.2 第一幕 ····· 137
  - 7.2.3 第二幕衔接点 ····· 140
  - 7.2.4 第三幕衔接点 ····· 145
  - 7.2.5 核心问题 ····· 147
  - 7.2.6 人物设定 ····· 148

第1章
动画剧本概述

- 动画剧本概述
- 如何创意
- 动画剧本的形式
- 动画题材类型

1.1 动画剧本概述

一个剧本可以定义为由画面、对白和描述来叙述的故事,并且将所有这些安置在故事结构的情境脉络之中。

显然一个剧本是导向制作的"蓝图"。观众显然不会去理会剧本,更不会去阅读它。他们所知道的只是从人物那里得到的所见所闻,因为人物是在三个维度里工作,所以编剧必须在这三个维度里构思和写作。我们的作品必须赋予人物行动和表达能力,台词必须是"可言说"的,我们创造的行动必须是可以"做"的。一切的一切,都必须在观众面前呈现出来,并具有某种合理性。以此为目的,编剧需要具备关于戏剧和文学的双重知识,更需要了解另一种艺术表现形式——电影的知识。这些都是我们要学习的。

1.2 如何创意

"要创新,不要模仿"。迄今为止,几乎所有学校都在复制同一种课程的内容,有些模式的条条框框太多了。有些学校居然以学生们涂的颜色是否超过轮廓线为标准来打分。在创新方面,皮克斯和迪士尼公司都是行业中的先驱。曾在华特·迪士尼还是个小学生时,老师让他在美术课上画花朵。他在每朵花的中心都画上了一张脸作为装饰,而老师却对他违背常理的画法颇为不满。幸好这位老师没能扼杀这位创意天才的创作激情,他凭借想象的翅膀,成功地跻身史上最著名的艺术家之列。

华特·迪士尼喜欢让手下的动画师们执行他的大胆构思。他曾经说过:"我无论如何也称不上是什么伟大的艺术家,连一名伟大的动画师都算不上,我身边员工的技艺都在我之上。我以构想家自居。每个孩子都天生被赋予了五彩斑斓的想象力,但就像肌肉会因运动不足松弛一样,一旦缺乏锻炼,孩子们活灵活现的想象力也会随着时间趋于苍白平淡。"真正富有创意的人们对想象和探索所表现出的激情与童年时的热忱之火相比有过之而无不及，创新的想法诞生于初学者的大脑，并往往由于某种"催化剂"的作用而得到激发和促进。

皮克斯的创意团队

一个关于童心、勇气、创意和传奇的皮克斯。

1. 故事为王

皮克斯的员工克雷格·古德说："故事为王，这可不是句空谈。我们使用简单的分镜头表来绘图，不知疲倦地对故事加工润色，然后再让模型师用计算机构建出布景、道具和角色。"无论我们是电影人还是热狗小贩，

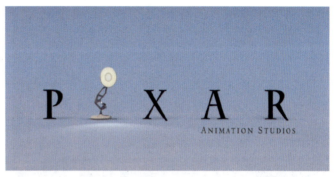

上至会议室成员，下至储物间的工作人员，人人都应将讲述多姿多彩、栩栩如生的故事视为头等大事。先把故事构建起来，再以此为基点注入创意。

2. 即兴创作

即兴的定义为：在当前所处环境中某些因素的刺激下，即时做出的表现、反应或者创作行为。即兴可以衍生出新的思考方式、新的动作行为、新的结构或象征意义以及新的表演方式。

皮克斯大学前校长兰迪·纳尔逊曾说过，如果不营造出一种给冒险行为开绿灯的环境，如果不让稀奇古怪的点子畅通无阻地诞生，我们生产的产品就很可能要在市场上背负"山寨"的恶名了。天马行空的无厘头想法往往会为我们带来意想不到的效果，让人不禁惊呼："哇，我800年也不会有这么好的想法！"

3. 分镜头

已故的皮克斯导演乔·兰福特生前曾屡获殊荣，他对分镜头有独特的见解。皮克斯沿袭了迪士尼公司使用分镜头的传统。以前迪士尼几乎所有的故事都是通过绘制分镜头完成的。当文字剧本画在分镜头上时，新的创意会悄然而至。分镜头将想法具体化，在看到想法跃然于纸上时，每个人的想象力都运转了起来，各种契机也随之而来。例如，会议室里的10个人读了文字剧本之后，可能都会点头称是，而一旦我们将剧本转化为图画，这场戏中所有未被察觉到的潜在问题和深埋的闪光点都会悉数浮出水面了。

4. 创意团队的管理与合作

皮特·多克特是2009年的热门大片《飞屋环游记》的导演之一，他说在皮克斯的工作方式是这样的：先划分好制作电影的团队，然后我们大约每4个月把大家聚在一起，让

其他团队的导演观看制作出的样片。我通知约翰·拉赛特、安德鲁·斯坦顿和布拉德·伯德，无论影片处于哪个阶段，他们都会赴约来看片。通常，我们得到的第一个评价都是与角色有关的。《飞屋环游记》里的主角卡尔很有趣，因为他是个让人又爱又恨的角色。他虽然会当着孩子们的面摔门，但却会让观众想："哎，算了吧。他这么做是情有可原的。"这么一群脑力超群的人居然只能发表一下建议，但事实确实如此，因为说到底，一部皮克斯电影内容的定夺大权是掌握在影片导演和制作团队手中的。

在皮克斯，直抒己见并不仅仅是导演和制片人的特权。对于尚处于制作阶段的作品

进行每日评审被称为日审，在绝大多数的电影工作室里，只有高级别员工才有资格进行日审。在皮克斯，每天都会有团队与大家分享未完成的作品，而任何一个皮克斯人都有资格参与其中。这种做法有3个优点：(1) 一旦摆脱了将未完成的作品公之于众的尴尬，制作团队就会变得更有创意；(2) 通过这个机会，电影导演可以同整个公司的人员分享和交流大致剧情；(3) 参加反馈的人员可以从他人创造的作品中获得灵感和动力。除此之外，这还避免了临近结尾才发现需要返工所带来的损失。这种高度的自主权和责任感是绝不会在猜忌重重的企业文化中找到扎根的土壤，就如卡特姆所言——**别给创意硬冠上条条框框，创意来去自如，无拘无束。**

皮克斯个人习惯将目光放在长远的目标上。导演布拉德·伯德表示，在皮克斯，我们的目标从不放在缩减成本和提高速度上，我们的创意过程立足于长远。我们的员工热爱片中的角色，他们明白，正确的制作方法可以赋予这些电影以生命的。和迪士尼公司一样，皮克斯对"长远"的定义将其企业文化表现得彰明较著：皮克斯人将继续全力以赴，确保一种鼓励创新性尝试又不失公司本色的企业氛围。

1.3 动画剧本的形式

动画剧本大致可以分为4种形式，其中包括实验动画短片、系列动画片、连续动画片和影院动画片。

1.3.1 实验动画短片

实验动画短片是一种以个体化创作的，保持自我风格、形式、技巧以及制作方式的动画艺术家的作品。实验动画从内涵到形式更倾向本体元素的极致发挥，实验动画可

以说是动画片中的阳春白雪,它是在探索发现动画艺术表现的可能性。事实上,实验动画短片的叙事结构是被简化了的动画片结构和形态,一般来讲是由个人编导、设计、制作、配音。长度一般不超过20分钟,描写的内容是经过动画手法处理过的现实,即对现实的评价、看法以及思考等。例如奥斯卡最佳动画短片《神奇飞书》《丹麦诗人》《回忆积木屋》《彼得与狼》《失物招领》等。

案例解析

2011年最佳奥斯卡动画短片《神奇飞书》,故事发生在一个平静的小镇,矗立在街区中心的小旅馆,头戴礼帽的男子正坐在阳台上阅读,他被书籍围在中间。突然,晴朗的天空被滚滚乌云遮蔽,飓风来袭,狂风大作,房屋窗棂剧烈晃动,连书上的文字也随风飘散。人与牲畜、家具房屋相继被卷入空中。男子虽然紧紧抱住阳台的栏杆,可是还是随同旅馆一同飞向空

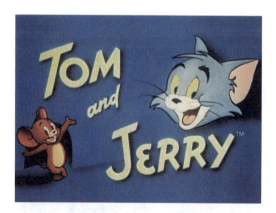

中。不久,他落在了一片荒芜而又有些奇怪的地方。他四处游荡,寻找可以憩息的场所。这时,他看到一幢美丽的房屋,里面全部被会飞的书籍所充满。爱书的男子欣喜若狂,他投入这书的海洋,乐而忘返。

1.3.2 系列动画片

系列动画片故事中的角色性格和角色之间的关系都很固定,几乎不发生改变。每一

集故事都独立成片，可以任意调换播放次序，不会影响剧情的逻辑关系。不过也有篇幅过长的时候，可分上、下集或者多集播放来表现一个独立的主题。每一集的时间长度一般在10分钟左右。例如经典系列动画片《猫和老鼠》《蜡笔小新》《机器猫》《米老鼠和唐老鸭》《加菲猫》《倒霉熊》等。

案例解析

系列动画片《猫和老鼠》完全以闹剧为特色，情节生动夸张。该片是由制片人弗雷德·昆比、导演威廉·汉纳及约瑟夫·巴伯拉1939年创作的。继第一个动画短片《猫得到靴子》大获成功后，25年中米高梅电影公司拍摄了100多部，共有116个漫画形象，每一集选2～3个不同性格的形象搭配在一起。它的故事内容单一，总是出人意料，但又合乎情理，体现出作者的超人智慧。该片采用幽默片形式，完全依靠滑稽动作而不用对白，与《米老鼠和唐老鸭》相比，后者在故事中究竟要表述什么，有时并不容易搞清楚，而《猫和老鼠》的幽默片却明白直观，给观众的印象极其鲜明深刻。至今仍受到广大动漫爱好者的追捧，给予了高度的评价，绝对是经久不衰之作。该片采用了猫与鼠的原型，在自然界的食物链中就是两个完全对立的物种，老鼠是弱势的，而猫是强势的，可是在动画片中却上演着另一番有趣的景象。

汤姆是一只常见的家猫，它有一种强烈的欲望，总想抓住与它同居一室却难以抓住的老鼠杰瑞。杰瑞看起来像是被汤姆监视着，但杰瑞却非常机灵，总能使汤姆狡诈的诡计适得其反，总能让它自食其果。而实际上汤姆在追逐中得到的乐趣远远超过了捉住老鼠杰瑞，即使偶尔捉住了杰瑞，也不知究竟该怎么处置这只老鼠。这个机灵老鼠与笨猫的故事，能与《米老鼠和唐老鸭》的故事相媲美。没有动物世界中恃强凌弱的残酷，只有两个邻居之间的日常琐事和纷争。例如小老鼠杰瑞偷吃了汤姆的奶酪，汤姆把捕鼠器放到了杰瑞的洞口等。中间穿插的无数恶作剧和幽默片断，让人感受到久违的天真快意。它们之间的关系常在一瞬间发生改变，化敌为友或势不两立。为敌时绞尽脑汁、互不相让；为友时亲如兄弟、谁也不记仇。

1.3.3 连续动画片

连续动画片相当于一个完整的长篇故事、长篇电影，从第一集开始到最后一集结束都是围绕着一条统一的故事线连接起来的。人物之间有着密切的联系，人物的关系会随着剧情的发展而发生相应的变化，从而慢慢地揭示出人物的真相。每一集的标准长度一般在20分钟左右。例如，经典连续动画片《太空堡垒》《灌篮高手》《七龙珠》等。

案例解析

连续动画片《七龙珠》是日本著名漫画家鸟山明的得意作品。其漫画书世界销量3.5亿册，位居第三。故事主线是来自各地的武林高人，他们为了得到全世界7颗名为"龙珠"的物件，每颗龙珠各自有1～7颗不等的五角星标记并散布于世界各地，只要集齐7颗龙珠就可以呼唤出神龙，向神龙许愿便可以达成任何愿望，而龙珠在神龙实现愿望后便会自动飞散并且变成石头，一年后便可再次实现愿望。

1.3.4 影院动画片

影院动画片的长度和常规电影长度是同一个标准，一般为90分钟左右。事实上影院动画片就是用动画的手段制作电影。影院动画片大多改变自文学作品，如童话、神话和小说。叙事结构是与经典戏剧的叙事结构基本相符，有明确的因果关系、固定模式的开头，情节的开展、起伏、高潮以及一个完整的结局，对画面影像质量、动作设计、声音处理等工艺精度有严格的要求。生产周期长，通常一部影院动画片需要1年以上的制作周期，有些动画片需要三四年的制作时间，甚至更长。例如《风之谷》《功夫熊猫》《冰河世纪》《千与千寻》等。

案例解析

动画片《风之谷》是著名动画导演宫崎骏先生的成名作，1984年在日本公映时引起轰动。剧中独特的世界观以及人性价值观，深刻地影响了其后10余年日本动画的走向，女主角娜乌西卡更是连续10年占据历代动画片最佳人气角色排行榜冠军之位。其实，该动画作品改编自宫崎骏连载于Animage杂志中的同名漫画。该漫画自1982年在Animage杂志中陆续连载了12年之久，至1994年结束，共7册。动画版的内容仅比漫画版的第一本多一点儿，而漫画版的内容也更曲折丰富，有着对战争的血腥刻画和人性的深入探索，与电影版是完全不同的作品。其内容题材来源丰富，主要以文学作品为主。例如，主人公娜乌西卡选自贝尔纳·伊维斯林的《希腊神话小事典》《堤中纳言物语》和《爱虫姬君》；沙漠场景选自《沙的行星》；食性动物覆盖地球选自布莱茵·阿尔迪斯的《地球的漫长午后》、中尾佐助的《栽培植物与农耕起源》、宫胁明的《植物与人类——生态社会的平衡》；战争场景选自保罗·科瑞尔的《巴尔巴罗纱作战》《焦土作战》。

1.4 动画题材类型

似而不同。 从创意到人物再到场景，从创作意图来说，都必须有一些全新的虚构。但是为了弄清楚如何避免陈词滥调，搞清楚想要表现的风格，首先要分清楚影片是什么类型。这就需要熟悉成百上千部影片，尤其要看准备创作的影片同类型的电影。不可能一个新的创意在经典类型影片中找不到影子，创作者将要创作的电影类型都可以归到某个类型中，而这个类型里有必须知道的规则。为了打破陈词滥调，为了得到似而不同的效果，必须知道自己的影片大概是什么类型，如何创作不同寻常的纠葛。如果能做到这一点，剧本卖出去的可能性会大很多。

每个成功的编剧都熟悉大量影片，有不少刚入行的编剧竟然对所写剧本同类型的影片都不熟悉，其他类型则知道得更少。电影是一部能错综复杂地制造感情的机器，优秀的编剧必须有能力把它拆分开来又重新组装变成另一种新型机器。仅仅熟知自己喜欢的那些电影是不够的。看过去几年里的所有电影也是不够的，优秀的编剧必须观看熟悉各种不同类型影片，这种熟悉不是指通篇背诵下来，而是指知道每部影片成功在哪里。

在写作前要将自己创作的影片归入某种类型。这是因为对编剧来说，了解所写影片的类型是很重要的，在剧本写作中迷失方向的众多原因中，这是最常见的一种。剧作大师写剧本时，都会参考其他影片，寻求那个类型里情节和人物设计的技巧。因此当在故事构思中被卡住时，或者正准备写剧本时，要多观摩同类影片，了解为什么某种情节元素很重要、为什么这种元素成功或者不成功，以及哪些地方可以进行改动来化腐朽为神奇。

经历了无数代讲述故事的人已经把故事编织成种类繁多的花色品种。为了理解这些洪流般的故事，人们制订出了各种各样的分类原则，根据故事共有的成分对其进行归纳整理，把它们分为不同的类型。不过，每一种原则都各执一端，对用于故事分类的成分莫衷一是。因此对于类型的数量和种类，不同的原则有着不同的看法。类型的选择决定了一个故事中什么是有可能的，因为它的设计将会把观众的知识和预期考虑在内。每一类型都有独一无二的规律，但在有些类型中它们并不复杂，而且具有很强的可塑性。以下是通过实践总结的14种动画影片类型，这些类型系统地强调了题材、背景、人物、事件和价值的差别。

1.4.1 爱情类型

爱情是电影以及文学中永恒的主题，不论这个主题在影片中重复多少年，也不会有人觉得厌倦。爱情可以作为驱动力量，使主人公做出让人意想不到的事情。爱情可以分为几个层面，爱人之间的感情，关爱某些事物的感情，例如贫困儿童或身陷困境的某个人或动物，或是宗教信仰等方面。例如影片《飞屋环游记》就是靠爱情来驱动的，由卡尔与艾丽的爱情上升到卡尔去关爱动物，他为了帮助小胖子罗素救出大鸟而放弃他和老伴的飞屋。从中可以比较开端与结尾的价值，是由爱人之间的爱情上升到博爱之情，那是一种至高无上的境界。还有《僵尸新娘》《萤火之森》等影片都是以不同的角度来描写爱情这个永恒主题的。就连日本动漫大师宫崎骏、美国动画创始人迪士尼以及皮克斯公司的作品都可以从中找到以爱情作为影片的驱动力量，这种力量被称为原始动力。

案例解析

影片《僵尸新娘》开始是男主角维克多在画一只捉来的蝴蝶，画完后将其放生，似乎为结局打下隐喻。19世纪末，家里是渔业大亨的维克多，将要与没落贵族的女儿维多利亚结婚，他们俩都不愿意结婚，可又不好违抗父母的安排。好在彩排的那天，两人一见钟情，可是维克多由于紧张，在婚礼彩排上错误百出并逃了出来。在阴森恐怖的小树林里，他因练习婚礼仪式而误将戒指戴到了形似树枝的骷髅手指上。随后，一个死去的少女出现了。她被维克多感人的婚礼誓言所触动，便决心跟随他。她追上了想要逃跑的维克多，带他去了地狱。之后得知，这个叫艾米丽的死去的少女是被一个贪财的恋人杀害的。维克多惊魂未定，为了逃脱，他推说自己需要让父母知道自己与艾米丽的婚姻，于是在骨奈克老人的帮助下回到了阳间，而维克多试图去见维多利亚，艾米丽得知很伤心。维多利亚虽想救维克多却无能为力，而那个之前杀死艾米丽的人——巴克斯男爵，以为维多利亚有钱，就向维多利亚求婚，他想图财害命，却不知维多利亚比他还穷。

维克多的仆人死后来到阴间，告诉他维多利亚要结婚了，心灰意冷的维克多无意听到了骨奈克老人说他必须死才能娶艾米丽，艾米丽哭着不答应，维克多被感动了，他同意了婚事，与阴间的其他人一同来到了人间，之后死人纷纷和亲人相见。

可是婚礼上，艾米丽看到维多利亚很伤心，就阻止维克多喝下毒酒，把他放弃了。可是那个巴克斯男爵，知道维多利亚没钱，又不想看到维克多高兴，就和维克多对打起来，但维克多拿的是叉子，打不过，艾米丽就为维克多挡住了刀，之后巴克斯男爵误把维克多的毒酒当成普通红酒喝了，中毒身亡。对二人相爱而感到满足的艾米丽扔了束花，并看了他们最后一眼，化成千万只蝴蝶飞向月亮。

1.4.2 成长类型

这类题材影片的主人公都以一个未成年的小孩开始，写他们在成长过程中所经历的一些事件，从中得到历练，并逐渐变得成熟起来，最后以主人公完成自己的心愿或某一阶段的胜利而告终。这类主人公要有一个特定的成长环境作为故事背景，首先交代主人公的身份、社会地位以及家庭环境等。如影片《狮子王》《小鹿斑比》《我在伊朗长大》。

案例解析

电影《我在伊朗长大》改编自伊朗女插画家玛嘉·莎塔碧的同名漫画,剧中以自传的形式讲述了自己的成长经历,反映了伊朗的社会变迁。运用简单的线条和黑白对比的画面描述出这个震撼人心的故事,大量黑色的运用令画面充满力量。随着主角玛嘉的成长,大家可以深入地了解伊朗的历史、政治和文化。

1979年之后,伊朗发起了伊斯兰教革命,社会动荡不安。革命的失败更使伊朗失去民主和希望,日渐保守,人民苦不堪言。9岁的玛嘉早熟、敏感,她聪明地瞒过官方爪牙,迷上了西方朋克乐队和流行音乐,沉浸在自己的世界里。两伊战争爆发之后,伊朗的生活更加艰难,玛嘉渐渐长大,越来越大胆的行为让父母担心不已,她14岁那年,被父母送到了奥地利上学。

在奥地利,玛嘉身为一个伊朗人,不得不面对别人的歧视和自卑的情绪。当她终于克服了心理障碍,赢得大家认可的时候,爱情的伤痛和对家乡的思念却使她决定回到父母身边。此时的伊朗,依然经历着战火的洗礼,宗教对妇女生活的限制越发严苛,玛嘉开始怀疑自己是否应该在这个充满专制的国度继续生活下去。

1.4.3 动作冒险类型

动作冒险类型一直都是动画影片的主要题材类型,如果动作冒险包含了命运、狂妄或信念,那么便成为激动人心的冒险。这一类型的诸多常规中有一个主要的常规场景:英雄完全被控制在坏人的手中。处于无助位置的英雄必须踢翻桌子,砸到坏人。这个场景是必不可少的,它明白无误地考验并表现了主人公的机智过人、意志坚强和临危不惧。如果没有这一场景,主人公及其故事便会大为逊色。例如影片《丁丁历险记》《冰河世纪》《马达加斯加》《里约大冒险》等。如果大自然是对抗力量的源头,那么便成为灾难生存类型影片，例如宫崎骏导演的影片《风之谷》，影片描述的是人类与泛滥着剧毒的腐海森林和巨大的虫王之间关于生存的斗争。

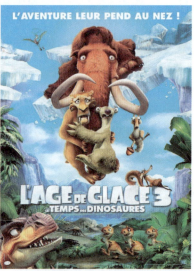

案例解析

影片《丁丁历险记：独角兽的秘密》是《海盗失宝》的姐妹篇前篇。该片由史蒂文·斯皮尔伯格和彼得·杰克逊联手打造，是2011年最受关注的制品之一。讲述的是丁丁在集市中无意间看到独角兽号的模型，在古老的日记本中了解了这艘船的来历与意义。中途被萨哈林绑架，在船上无意间遇见船长。他们两个决定去寻找红色克拉姆宝藏。途中他们遭遇重重困难，但还是用自己坚强不屈的意志与永不退缩的精神克服了，最后抢到了纸条，知道了宝藏的位置，成功找到了宝藏，继续他们的探险之旅。

1.4.4 犯罪/侦探类型

人真的有这么邪恶吗？如果正在创作关于犯罪或侦探类型，那么应该看一些优秀的侦探片（侦探大师的观点）、警匪片（匪徒的观点）、罪犯片（犯罪大师的观点）或越狱戏（囚犯的观点）。在犯罪类型中必须有一项犯罪，而且必须在故事讲述过程的早期发生，必须有一个侦探人物，无论是专业的还是业余的，来发现线索、提出疑问。例如《名侦探柯南》《鲨鱼黑帮》。对人性黑暗面的研究，通常是对我们自身进行的研究，其方法千变万化甚至有搬起石头砸自己脚的嫌疑。优秀的侦探片都是这么做的。

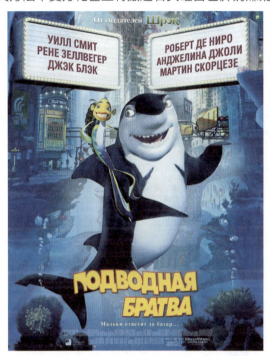 

案例解析

影片《鲨鱼黑帮》中弱肉强食、适者生存的法则早就被世人所公认。在大海深处，也生活着一群黑帮分子。这些尽干些巧取豪夺勾当的鲨鱼黑帮们，由大白鲨里诺统领，形成了庞大的恶势力犯罪家族。残暴而冷酷的里诺一肚子坏水，不过它对自己的两个宝贝儿子弗兰克和兰尼倒是很好。这个大佬也是希望它的孩子们争气点，成为家族合格的接班人，自己好享享清闲。俗话说虎毒不食子，这也是人类社会的真实写照。

可是家家都有本难念的经，里诺的小儿子兰尼居然是个素食主义者，简直把他老爸气得翘辫子了，虎父岂能有犬子？在老爸的严厉管教下，兰尼总想着能偷偷溜出去。清洗店有个小鱼儿职员叫奥斯卡，个头虽小，说话速度极快，习惯大话连篇的它老是麻烦不断，整天处于困境之中，对现状极度不满，总盼着有出人头地的那一天。

机会终于来了，里诺的大儿子弗兰克正欲袭击奥斯卡时，碰巧被海面渔船抛下的铁锚砸到。在确认弗兰克死后，奥斯卡决定好好利用这个歪打正着的好机会，于是它振臂高呼自己就是打败了庞然大物的鲨鱼。这下它可成了街知巷闻的大英雄,美女和财富全向它大抛媚眼。得意的奥斯卡甚至和兰尼成了好朋友,联手炮制了一档猎鲨的电视直播节目。什么都有的奥斯卡现在恐怕还不知道,等待它的可是全世界鲨鱼黑帮势力的疯狂追杀。

1.4.5 恐怖/惊悚类型

这种类型有两个主要组成部分:鬼怪和屋子。例如影片《鬼怪屋》《圣诞夜惊魂》《精灵旅社》《鬼妈妈》等。其原始形态是以在一个屋子里面加入人物,并让这些人物不顾一切地去杀怪物,或被怪物莫名其妙的追杀。这一类型原始的戒律,可以用4个字来解释,那就是"别……被……吃掉!"这也是此类型的影片在世界风行一时并受到推崇的原因。而影片可以在没有任何声音的情况下吸引人,达到此时无声胜有声的恐怖紧张效果。作为编剧要在鬼怪和鬼怪的力量上添加新创意从而引发观众的惊叫。

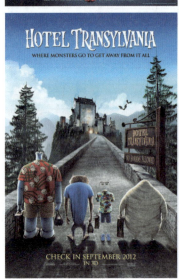

案例解析

影片《鬼怪屋》中12岁的调皮男孩DJ，正处在由童年向青春期过渡的尴尬阶段，他的时间很多，总爱幻想，总觉得对街老头的那座荒废的老屋有些古怪——篮球、三轮车、玩具和宠物，总有东西在老屋附近不翼而飞。

就在万圣节的前一天，DJ和他的玩伴乔德不小心把篮球丢进了老屋前面的草坪上，二人眼睁睁地看着一股神秘的力量把篮球扫入屋内，正欲上前一探究竟，谁知房主怪老头却怒气冲冲地把他们赶出了草坪。不久之后，他们的新朋友珍妮差点儿被老屋吞了下去，但周围的邻居们却没人相信三个小孩惊慌失措后的言语，这座老屋到底有没有问题？孩子们只有依靠自身的力量去揭开谜底。

为了保险起见，三人转而去寻求地球上唯一有可能明白发生了什么事的聪明人骷哥的忠告。骷哥是一个20多岁的懒惰的披萨厨师，同时也是电子游戏的高手，他最辉煌的纪录是有一次为了攻关打游戏，居然靠着一桶巧克力牛奶和一片成人纸尿裤撑了四天，骷哥告诉他们那座老屋是活的，想要阻止它继续作恶吃人的唯一方法，就是攻击它的心脏！

孩子们几经推敲，得出了结论，吃人老屋的心脏一定是地下室里那一年到头都在燃烧的炉灶。于是，他们想出了一个看似不可能失败的作战计划，用扮成假人塞满感冒药的吸尘器做诱饵给老屋送去，心想只要它一吞下就会睡着，这样他们就能溜进屋去，用水枪把炉火熄灭。谁知结果有变，计划出了岔子，暴怒的老屋居然动了起来，沿路追着他们。为了让大家都能过个平安的万圣节，孩子们只好携起手来，与老屋作战到底。

1.4.6 超级英雄类型

超级英雄的故事要求编剧赋予主人公以高尚品德和同情心，并且愿意为小人物和弱势群体解决问题。此类型不都是带斗篷穿紧身衣的超人故事，凡人也有英雄，他们受到周围的挑战。一个成功的超级英雄更多的是来源于负面角色的塑造，其对抗力量要无比的强大，以至能够彻底地击败超级英雄几个回合。这种暂时的胜利或失败我们将其称作伪胜利和伪失败，但最后的结局一定是不可逆转的，超级英雄一定要得到真正的胜利，坏蛋无法翻身或永远从这个世界中消失。

如果写的是超级英雄类型的故事，有大量的影片故事可供参考。例如《闪电狗波特》《超人特工队》《功夫熊猫》《复仇者：史上最强的英雄组合》等。由于某种原因，超级英雄是长期存在的故事类型。他为我们的幻想能力插上翱翔的翅膀，并以一定的现实事件来实现幻想。

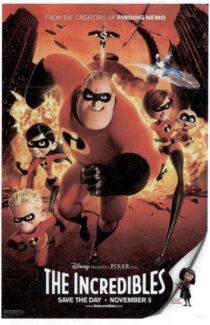

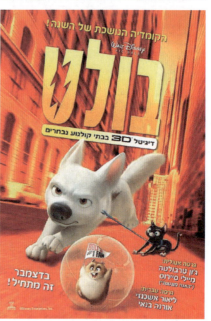

📗 案例解析

影片《超人特工队》中的鲍勃曾经是这个世界上最伟大的超人特工,一提起他的大号"不可思议先生",当年简直无人不晓。告别了惩恶扬善的生活15年后,中年鲍勃和他的妻子已经拥有了平民身份,搬到郊区和他们的3个孩子过起了普通人平淡的生活。现在,鲍勃是一名保险公司理赔员,每天朝九晚五闲至无聊,优裕的生活更使他大腹便便。

鲍勃十分渴望以前那种出生入死的超人生活。当他知道有发明家要展开毁灭人类的计划,并消灭攻击超人特工队时,鲍勃终于按捺不住了。他要重出江湖,挽救人类,护卫地球。但中年的超人已经不再有当年的英姿,他和敌人的斗争充满了悬念。最后鲍勃的妻子和孩子们也跟他一起投入这场艰巨的战争中。

1.4.7 麻烦家伙类型

这种类型的主人公与超级英雄截然相反,一个普通人或者一个连普通人的基本条件都不具备的残疾人,但是这种残疾不是单纯指身体上的残疾,也可指家庭或事业上的不顺利。通常这种类型是一个普通人在某一天里发生了不寻常的事,发现自己置身于特殊环境中。这样观众从一开始就会对该故事类型中的主人公产生同情,希望他能够摆脱困境。无论主人公是个普通人、经验老到的还是身强力壮的,挑战的相对难度才是故事吸引人的地方。因此尽可能地夸大其负面价值,麻烦越大主人公克服困难的效果越好,不论坏蛋还是坏事,主人公都能成功地使出浑身解数战胜最强大的负面力量。但影片最后主人公一定要成功,开篇价值和结尾价值产生截然不同的重大逆转。

案例解析

华纳兄弟出品的动画片《别惹蚂蚁》,故事根据童话作家约翰·尼科尔创作的同名儿童小说改编,10岁小男孩卢卡斯正经历着人生最痛苦的事情。刚搬到陌生的新家,在学校没交到一个朋友,在家里老被姐姐蒂凡妮取笑,父母又忙着计划结婚纪念日旅行,完全忽略了他,连一向最好的奶奶也光顾着为八卦杂志上讲的外星人入侵忧心忡忡。更糟糕的是他还成了邻居小霸王史蒂夫欺负的对象。

手无缚鸡之力的卢卡斯只好把怒气全撒在后院的蚁丘身上,他用水枪制造了蚂蚁王国的一场大洪水,一瞬间破坏了蚂蚁们的家园。可卢卡斯不知道的是,他眼中愚蠢的小蚂蚁却拥有一个完备的王国，愤怒的蚂蚁们经过商讨，决心要让卢卡斯受到教训。

巫师蚂蚁萨克用研制出来的神奇药水，将卢卡斯变成蚂蚁般大小，并把他带回了蚂蚁王国。在王国里，被判做苦工的卢卡斯必须学习如何在昆虫世界生存下来，而他在和蚂蚁们的相处中渐渐成为好朋友，也最终领悟到了人生的意义，并决定向陷入危机的昆虫世界伸出援手。通过这次经历，卢卡斯学会了宽容与同情以及欣赏和敬畏大自然。

1.4.8 愚者成功类型

单从外部来看，愚者或许是个乡巴佬或白痴，但仔细观察可以发现愚者是最聪明的。作为一名失败者，愚者有了身在暗处的优势，使得所有人都会低估他的能力，使他最终有机会成功。

愚者成功类型的要素很简单，失败者表面上看起来很笨拙、很无能，以至于周围的人都不认为他能成功。通常愚者会有同伴，一个知情者，在旁边看他的笑话，不相信愚者能够飞出他们的手掌心。这些人物常常首当其冲，愚者开始行动，在一系列事件结尾时这些家伙最终会出丑。他们看清自己后，觉得自己的可耻行为近乎白痴，之前的阻碍太傻了。观众总是会喜欢这类故事，因为愚者成功的故事给了我们胜利的间接体验。看着所谓的白痴实现成功人士才能达到的目标，给我们所有人带来了希望，并嘲笑了人们日常生活中谨慎遵守规则的体制。此类的影片如《四眼天鸡》和《野蛮人罗纳尔》。

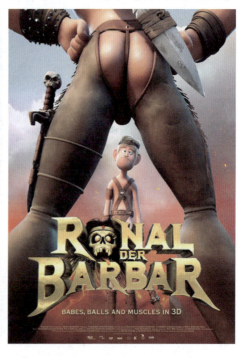

案例解析

影片《四眼天鸡》中的主人公玛德，它表面上是一只胆小怕事、戴着一付笨重的大眼镜、常被朋友们捉弄和讥笑的小鸡。从外表来看似乎软弱、渺小的玛德却总是想要证明自己的能力，并努力要在其他人中间树立自己的威信。一天，棒球队的常规赛事照常地进行着。突然，被球棒击出的垒球将一枚橡树果打落，而橡果碰巧砸在了玛德的头上。胆小且敏感的玛德被这突如其来的东西吓了一跳，并认定这是天的一块碎片，天一定是要塌下来了。于是它开始惊慌地到处叫嚷。这样的无稽之谈必然是再次引来伙伴们的又一次嘲笑，大家都取笑玛德神经质。一天晚上玛德坐在家中的窗边看着天上的星星发呆，突然真的有一片天掉在了它头上，而这次是片天可不只是一颗橡树果，这是外星人入侵的信号。于是玛德用智慧和勇气赶走外星人，最后它拯救了整个小镇，成为大英雄。

1.4.9 如愿以偿类型

如愿以偿类型在影片中很普遍，因为其在人们的生活中占有相当的比重。我想拥有……我想成为……影片以主人公为实现自己的梦想驱动整个故事。充分利用如愿以偿的幻想来讲述"要是……该多好"的故事，是优秀的、原始的、任何人都看得懂的片子，所以这类影片很多，同时也是这类影片成功的原因。

如愿以偿的规则是，如果主人公想实现愿望，那么他必须在过程中受到挫折，但在这个过程中会有能够给他带来快乐的人或事物。虽然规则是这样，人的本性也是这么要求的，但我们不愿看到任何人永久的成功。最后主人公必须了解到魔法不是万能的，因而要有一个教训，结尾中必须体现优良的品行。

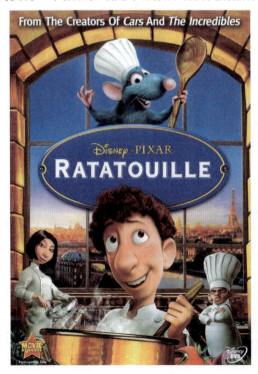
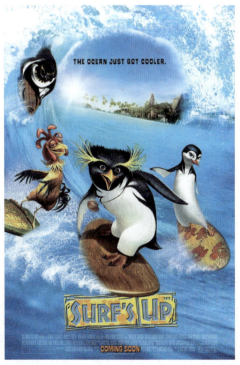

案例解析

动画片《美食总动员》中的主人公小米是一只老鼠，它在嗅觉方面有着无与伦比的天赋。它不想过与垃圾堆为伴的生活，小米的一生都浸透在成为大厨师的美好理想之中，并且努力地在朝这个方向艰难地迈进。它每天都溜进一位老太太家看食神古斯多的烹饪节目，并读他的烹饪书。

一天小米和大米进入老太太家寻找调料雅桂兰番红花时，它看见电视机上正在播放关于食神的内容，由于顶级美食评论家柯博认为食神的菜并不好吃而将他的餐馆降成了四星级，食神由于打击太大而死亡。正在小米看得入神时，老太太突然醒了，她用枪射击小米和大米，竟致使天花板掉了下来，而小米家族的窝就在老太太的房顶，所有的老鼠连忙划船逃走，而小米因为要拿烹饪书而被落在了后面，最终和家族失散。

在食神幻象的激励和帮助下，小米来到了巴黎，准确地说是食神古斯多带小米来到了食神餐厅的屋顶上。当天二号主人公小林也来到食神餐厅，小林在搞卫生时不慎打翻汤锅，为了挽救过失，情急之下它往汤里面乱放调料。这一举动为小米完成它的"美食梦"创造了一个有力的契机，这是小米第一次在食神餐厅做了它平生的第一锅汤，而且得到了美食评论家傅美美的赞赏。

小米在厨房被史老板发现，小林救了小米一命。小林发现小米不仅会做饭还能听懂他说话，小米答应帮助小林。而在一次偶然中发现小米可以用头发来控制小林做出各种动作，在乐乐的帮助下小米和小林学到了厨房的一些规范要求。不久之后美食评论家柯博得知食神餐厅东山再起很受欢迎后表示震惊，并打算在近日内造访食神餐厅。史老板通过让律师为小林做DNA检查，得知小林是食神古斯多的私生子，也就是餐馆的继承人，真相揭晓后，他无法接受这残酷的现实，史老板大怒。小林与乐乐的感情得到更进一步的发展，小林见色忘义不能专心按照小米的指导做菜，他与小米之间产生了小摩擦。小米离开小林后不慎落入史老板设下的陷阱中，它被史老板关在汽车行李箱里。这时传来了一个噩耗，柯博来了！小林因小米不在身边做不出美食而情绪低落。

最终，小米和小林在乐乐和老鼠家族的帮助下获得成功，小米在新饭店中担任了厨师。顶级食品评论家柯博先生因为同意一只老鼠也能烹饪而失业了，但他十分幸福，因为每天他都能吃到让他回味无穷的杂菜煲。

1.4.10　家庭生活类型

家庭生活类型的动画是将人们生活中发生的一些小故事进行浓缩，以夸张搞笑的情景喜剧形式演绎出来。主要人物都是家庭成员，例如《樱桃小丸子》和《蜡笔小新》等动画片。在场景设计方面都是我们平时熟悉的生活环境，多以家庭生活作为故事背景，将平时发生在我们周围关于亲情和友情的故事进行夸张处理，捕捉生活中的矛盾冲突，以幽默搞笑的方式呈现出家庭生活中的温馨。在角色对白方面都以生活中的常态出现，但又不失一些戏剧性冲突的夸张语言和动作情节。

案例解析

系列动画片《蜡笔小新》，是日本已故漫画家臼井仪人的一部非常有名的日式动画片，2009年9月11日，臼井仪人身故后，本漫画成为未完成之遗作。其中的主人公野原新之助（小新）被称为最无耻的小孩，也是个性最张扬的时代卡通人物之一，深受小朋友和童心未眠人士的欢迎。

本作品原本定位为成人漫画，因为在早期有许多关于性暗示的描述，然而在制作成动画片后，逐渐转变为适合全家观赏的作品，而排除了性暗示的表现。漫画方面，现在虽然仍定位为成人漫画，但从播放效果来看使其成为家庭成员共赏喜剧。

主人公小新是一个年仅5岁，正在幼儿园上学的小男孩。他内心早熟，喜欢欣赏美女，并向美女搭讪。最初小新与父亲广志和母亲美伢组成一个3人家庭。随后又添加了流浪狗小白，日子频繁琐碎却不乏温馨感动。随着故事的展开，又加入了新的成员妹妹野原葵。作者臼井仪人从日常生活中取材，叙述小新在日常生活中所发生的事情。

小新不仅深受小朋友的喜爱，也非常受大人欢迎。小新最大的魅力在于他以儿童的纯真眼光略带调侃地看待世界。他的那些话大人说来平淡无奇，而从儿童嘴里说出来却成了令人捧腹大笑的语言，这也是人们喜爱小新的重要原因。

正如臼井仪人先生所说，之所以会创作出小新这个形象，是因为他在观察自己孩子的时候，发现小孩子的想法往往非常独特，以至作者被小孩的世界所吸引。所有的小孩都有乖巧和调皮的两面性，这种两面性对作者来讲是十分有趣的。反过来作者正是在自己的作品中反映了这一两面性。他同时承认"小新"有一部分是他自己的翻版。据他透露，蜡笔小新里有许多内容是他现实生活的写照。例如，新爸造型与他本人有些相似；小新和他爸爸两道浓眉毛乃是因作者嫌弃自己的眉毛太稀疏所致。

1.4.11 惩罚类型

惩罚类型的规律是一定要让主人公死得很惨,这种类型的主人公经常遭到周围人或事的恶搞。但作为编剧要爱自己的每一个角色,就像爱自己的孩子一样,切忌不能因自己不喜欢这个角色而百般诋毁他。惩罚类型动画片多以系列的形式出现,好似一首周而复始的回旋曲。其角色设计和语言对白都是固定模式,为了能够不让观众厌烦,一般每一集都是以一个新故事或新场景出现。例如韩国动画片《倒霉熊》和美国动画片《猫和老鼠》。

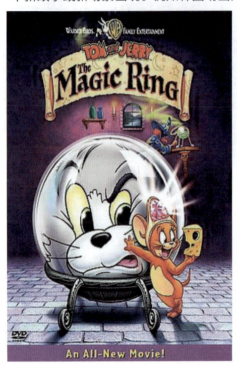

案例解析

韩国系列动画片《倒霉熊》,片中的主人公是一只生长在北极的胖胖的小熊,它的好奇心很强,从遥远的北极来到了繁华的城市,从此便发生了很多令人啼笑皆非的故事。影片在令人们开怀大笑的同时还会为倒霉熊的单纯而感动。无论它多么努力想做好一切,最终却被命运之神戏耍,遭受着各种各样的打击。即便如此,倒霉熊依然嘿嘿傻笑,走遍世界各地,尝试各种各样的行业和运动,迎接着一个又一个全新的挑战和超级霉运。

这只倒霉熊不但引起了观众们的极大兴趣,世界各大主流媒体还先后发表过对于"倒霉熊热播"现象的评论。美国《纽约时报》还把《倒霉熊》提升到了政治的高度,他们认为美国对伊拉克的政策正如倒霉熊练跑步机时所期待的,前面总会晃动着胜利的幻想,但是结局注定是失败的。俄罗斯《消息报》则认为倒霉熊是孤独的俄罗斯的象征。俄罗斯要想重新找回伟大国家的梦想,只有像倒霉熊一样,依靠永不气馁的精神,自力更生才能成功。而法国《费加罗报》则通过倒霉熊指代法国年轻人就业前景的危机，绝妙地讽刺了法国年轻一代新生力量满脑子对美好未来的憧憬，对个人事业的向往，初出茅庐，野心勃勃，但是等待他们的只有对自己造成伤害的结局。

1.4.12 体育竞技类型

这种类型以体育竞技作为故事的主要内容，其核心要表现的是"励志"这一主题。影片往往围绕一个或多个主人公，例如《汽车总动员》和《灌篮高手》等影片中，讲述角色求胜的艰苦经历。一般在这类影片中都有"魔鬼"教练和强大的对手这两种角色，挑战对象步步升级。其主人公通过不断磨炼，成为正式队员，之后又以"一匹黑马"成为焦点人物，并以明星球员或明星团队为目标而努力前进。

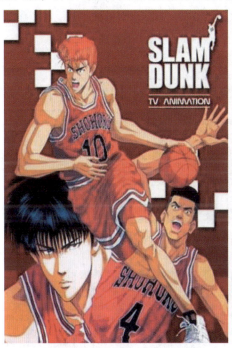
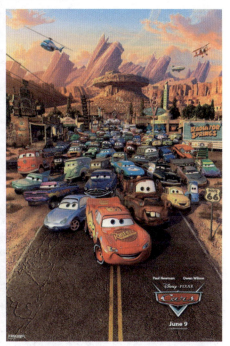

案例解析

日本系列动画片《灌篮高手》是日本漫画家井上雄彦以高中篮球为题材的励志型动漫作品。故事是讲述一名高一学生樱木花道，他曾被50位他心仪的女孩子拒绝过，当他进了湘北高校后，有位名叫晴子的女孩突然走来问他："你喜欢篮球吗？"因此樱木一眼看上了晴子，于是他由从不喜欢篮球，转而地向晴子说："我喜欢！"樱木的篮球生涯自此展开了。其后刚出院的宫城和三井也归队，汇合了赤木、流川和樱木，5人合力一起进军神奈川篮球界，并打入四强，跟全国第四的海南和陵南争夺全国大赛出赛权。最后他们如愿以偿，而且第二场比赛的对手就是全国第一的山王工业。所以樱木在比赛前要接受安西老师给他的特训，希望在全国大赛上有更突出的表现。

1.4.13　机器人科幻类型

在遐想的未来，科学幻想家常常将个人对抗国家的现代史诗与动作冒险和爱情糅合在一起，创造出由于科学技术的进化和异化而导致的独裁、混乱的非理想社会。例如影片《机器人总动员》《变形金刚》《太空堡垒》等。这类影片多以机器人作为影片的主要角色。就像历史一样，未来也只是一个背景，其间任何角色都可以有用武之地。

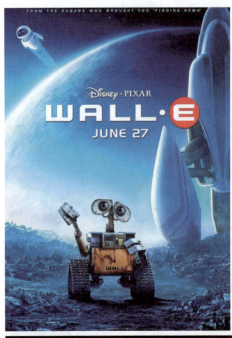

案例解析

《机器人总动员》是2008年一部由安德鲁·斯坦顿导演的，皮克斯动画工作室制作、迪士尼电影公司发行的三维动画科幻电影。故事讲述地球上的清扫型机器人瓦力爱上了女机器人伊芙后，跟随她进入外太空的冒险故事。该片是以主人公的爱情作为影片的主要驱动力量，也可以归为爱情类型。

该片在突出表现一个爱情故事、塑造出一个情感丰富的角色的同时，也给人类上了一堂环保课，引起观众对自身行为、对地球未来的思考。然而这一切都做得潜移默化，但效果明显，让成人比孩子能领悟到更多的信息。太空世界的科幻色彩是动画片中较少触及的，对儿童来说可以有利于开发他们的想象力，引发他们探索未知的兴趣。而爱情故事本身则可以打动各个年龄层的观众。

1.4.14 魔法奇幻类型

在魔幻世界中，无论小孩还是大人的愿望都能得到实现，让所有年龄层的人们都对此着迷。咒语、魔法道具、魔法师都令人向往。如果能够拥有这样的魔力，在任何情况下，想改变什么就改变什么，甚至随心所欲。日本动画大师宫崎骏的影片《哈尔的移动城堡》《悬崖上的金鱼公主》《千与千寻》《幽灵公主》等优秀影片都离不开魔幻的精彩内容，其画面精美、气势宏大，给观众留下了深刻的印象。

案例解析

影片《悬崖上的金鱼公主》是于2008年上映的宫崎骏作品。其中波妞是一条活泼好动的小鱼，一次偶然的机会，她在涨潮时被冲进了玻璃瓶中无法脱身。此时，刚好来海边玩耍的男孩宗介路过，帮其解困，从此人鱼相识。身为海员的父亲经常出航，宗介和母亲一起住在悬崖边的小屋中。宗介把金鱼抱回家里喂养，一起玩耍，感情甚好。在宗介用石头把玻璃瓶敲碎时，弄破了手指，波妞沾染到了人类的血，后来波妞被古怪男子抓回了大海之中。原来海洋中还有另外一个世界，那里有个操控水温环境的古怪男子藤本，因为发现了人类污染环境的行为，所以自造了另一个水中世界。他发现波妞沾染了人气，正准备用魔法将其打回原形，却事与愿违。

追寻而来的藤本透过窗户看到波妞时已经变成了人类，不禁大惊失色。这时，一道七彩光芒从海面上划过，是海洋之母回来了！藤本忙回到飞鱼潜艇上向海洋之母坦陈了自己的担忧："波妞随便乱用魔法，在世界上开了个大洞，她根本不知道自己在干什么，还变成了人类，这样下去，世界会毁灭的呀！"海洋之母提议道："直接把波妞变成人就好了。只要男孩不变心，波妞就可以失去魔法变成人。"这个提议让藤本吃惊不小，但是如果失败，波妞就会变成泡沫的。海洋之母微笑着回答："我们原本就是从泡沫繁衍而来的。"

海洋之母在了解了宗介坚定的信念后，收回了波妞的魔法，并将她收在掌中的泡泡里，交给了宗介并对他说："你回到陆地后，只要亲吻她一下，她就会变成一个和你一样5岁的女孩子。"与大家道别后，海洋之母带着她的孩子们离开了这里。之后海水退去，一切都恢复了原样。老人们回到了陆地上，藤本把宗介的模型船亲自交到了他的手上，两个人握手言和。波妞的泡泡与宗介相吻后，终于变成了一个小女孩。

第2章
故 事

- 故事概述
- 情节
- 故事背景
- 故事主线

2.1 故事概述

故事理论最早起源于希腊,几千年来,我们发展出来的故事结构从未背离过这个理论框架。正如电影剧本创作大师罗伯特·麦基所说:"自两千三百年前亚里士多德创作《诗学》以来,故事的奥秘就如同大街上显眼的图书馆,众所周知。"

当一个人物走入我们的想象中时,他便带来了故事的多种可能。如果愿意,我们可以在人物诞生之前便开始讲我们的故事,然后日复一日、年复一年地追随着他,直到他完成夙愿,寿终正寝。一个人物的生命周期包含着数十万个充满活力的时刻,而且是复杂而多层面的。

从瞬间到永恒,从方寸到寰宇,每一个人物的生命故事都提供了如百科全书般丰富的可能性。银幕剧作大师的标志就是能够从中只挑选出几个瞬间,却借此给我们展示其一生。

2.1.1 故事结构

一个故事是由人物、情节、动作、对白、场景、段落、事件、事变组合而成的,而作为作者必须将这些部分有机地组织成为一个整体,并赋予其确定的形象和形式以及完整的开端、中段和结尾。

一系列幕构成所有要素中最伟大的结构,即**故事**。一个故事只不过是一个巨大的主事件。当我们观察人物在故事的开始富含价值的情境,然后与故事结尾的价值进行比较时,就能够看到**电影弧光**,把生活从故事开始时的一个情境带到故事结束时的另一个变化了的情境中的巨大变化。这个变化后的情境,必须是**绝对的、不可逆转的**。

结构是对人物生活故事中一系列事件的选择,这种选择将事件组合成一个具有战略意义的序列,以激发特定而具体的情感,并表达一种特定而具体的人生观。

事件或者是人为的,或者能够影响到人,这样便勾画出了人物;事件必须发生在场景之中,于是便生出影像、动作和对白;事件必须从冲突中吸取能量,于是便激发出人物和观众的情感。但是选择出来的事件不能随意或漫不经心地罗列,它们必须有机地组合起来。故事的组合有如音乐的构思,要考虑什么该取、什么该舍、什么在前、什么在后。

2.1.2 故事事件

故事事件创造出人物生活情境中有意味的变化,这种变化是用某种价值来衡量的,并通过冲突来完成。

要让变化具有意味,必须表达它,而且观众必须对此做出反应,而这一切可以用一种价值来衡量。我们所说的价值并不是指美德或那种狭义的道德化的,如"家庭价值观"之类的。**故事价值**涵盖着这一概念的一切内涵和外延,价值是故事讲述手法的灵魂。从根本上而言,这门艺术即是向世人表达价值观的艺术。

2.1.3 故事价值

故事价值是人类经验的普遍特征，这些特征可以从此一时到彼一时，由正面转化为负面，或由负面转化为正面。

例如，生/死(正面/负面)便是一个故事价值，又如爱/恨、自由/奴役、真理/谎言、忠诚/背叛、智慧/愚昧、力量/软弱、兴奋/厌倦等。人类经验中的价值都随时可能走向反面，这种二元特征便是**故事价值**。它们可以是道德的，善/恶；可以是伦理的，是/非；或仅仅负荷着纯粹的价值。希望/绝望既不是道德的，又不是伦理的，但是我们能够确切地知道在这种经验的两级中我们究竟处于哪一端。

2.2 情节

"情节"这个词会引起恐慌。主要是因为情节被当成了"伟大的创意"的代名词。虽然每一步优秀电影的创作都离不开偶发的灵感，但一个剧本的写作绝不是偶然的。杂乱无章冒出的素材不可能在剧本中总是杂乱无章的。作者会对灵感进行反复修改，使作品浑然一体。

罗伯特·麦基在《故事》一书中讲道："设计情节是指在故事的危险领域内航行，当面临无数岔道时选择正确的航道。情节就是作者对事件的选择以及事件在时间中的设计。" 经典的情节设计是围绕一个主人公而构建的故事，这个主人公为了追求自己的欲望，经过一段连续的时间，在一个连贯而具有因果关联的虚构现实中与主要来自外界的**对抗力量进行抗争，直到一个绝对而不可逆转的变化而结束的闭合式结局**。

故事情节设计的关键就是对主人公在某段**经历**过程中产生的**悬念和冲突**这两大要素进行精心的设计和安排，而观众需要的恰恰就是在这种悬念和冲突中津津有味地看完整部影片。

2.2.1 悬念

虽然爱情、成长、侦探冒险、超级英雄等题材类型是老套的，但是只要故事从头至尾充满着悬念，观众通常就会坚持把电影看完。因为悬念比任何其他元素都更能影响作品的吸引力，它是构成作品的本质，也是对其他元素完美的补偿。世界著名悬念大师阿尔弗雷德·希区柯克曾说过："**情绪就是悬念的基本要素。**"

不过悬念要谨慎使用，因为悬念本身也只是一种手段。有时作家会为了符合悬念的情景创造人物和环境，而不是由人物和环境自然地产生悬念。悬念不应该成为目的，它应该是人物经历的附属品。但是即使在这样的情况下，悬念的存在仍然是一种成就，昭示着希望，因为它证明作家在写作中更多地考虑了读者而不是他们自己。

归根结底,悬念是关于预期的,它与某些我们期待之外的东西、某件还没有发生的事情有关。悬念是观看事件展开的过程:一旦受害者被谋杀、女人接受了求爱,悬念就消失了。但是当受害者被跟踪、女孩被追踪,悬念则会若隐若现。简单地说,悬念就是创造和延长预期。

2.2.2 冲突

冲突在我们的日常生活中无处不在,它是世间万物与生俱来的特质。如利益冲突、时间冲突、内心冲突等。在现实生活中有很多人为了避免冲突付出了很大的努力和牺牲,而作为作家我们要拥抱冲突,并且制造它们。

冲突有很多种功能,它要求观众选择立场,决定应该同情谁;它制造裂痕然后为圆满解决铺平道路;它帮助制造悬念;它让作品具有方向感;它可以出乎意料,从而让作品扑朔迷离。冲突可以让我们了解人物,谁发起了冲突?谁推波助澜?谁试图从中调解周旋?

冲突不能太快就得到解决,否则悬念就会消失。反之,它也不能永久保持下去,否则观众会感到故事悬而未决。正确的方法是介于两者之间,我们需要不断地寻找冲突的来源,创造新的情境和困境,制造新的冲突。但是如果我们只有冲突,会让读者不安。像悬念一样,冲突是关于独立的。我们需要解决,让我们有喘息的机会,为下一轮的冲突做好准备。一些影片经常由一个制造冲突的事件开始,然后在剧集剩余的时间里延长和激化它,但是结尾时事件一定会得到解决。在连续剧中,经常在结尾部分发生一个事件来制造新的冲突,让观众看到他们冲突的关系仍然存在,时刻准备爆发,以促使观众观看下一集。

案例解析

优秀的影片是能够马上吸引住观众的,当第一个画面出现时悬念就产生了。例如宫崎骏导演的影片《天空之城》。影片开始是在夜晚天空中,从远处传来什么声音,好像有一艘飞艇在向前移动,这声音应该是从那艘飞艇上发出来的。这是一艘画着骷髅标志的飞艇,是什么人在飞艇里?警报响起,有一群带着飞行头盔的人,他们拿着枪,向下面的一艘大飞船望去。这时出现了一个粉红色头发的奇怪女人,她笑了笑。从她那有些沙哑的笑声中得知这个女人大概有五六十岁,好像是他们的头目,她在向其他人下命令,只见这些人坐着小型飞机从飞艇舱口飞了出来。

1. 悬念

悬念就在这样一种环境和一群人物中产生了。这些人是好人还是坏人?看那老太婆笑的时候的表情和她说话时的声音,应该不是什么好人吧。他们要做什么?袭击抢劫那艘大飞船吧,他们应该是海盗吧,因为他们的飞船上有骷髅标志,而且每个人的身上都带着枪。这就是优秀的影片,在短短几个镜头内就会让观众产生种种的疑问和推测。

　　大飞船出现，从这艘飞船的窗口我们看到了一个穿着蓝色上衣的女孩，看上去她不是很开心，因为有人给她送来食物，她却不肯吃，她的房间里还有两个成年男子。她是谁？叫什么名字？其他两个人又是干什么的？他们为什么会在这艘飞船上？他们要去哪里？

　　是刚才那伙人，他们来了，那老太婆从窗外向那个女孩打了一下招呼飞走了。他们要对这个女孩下手吗？还是要救这个女孩出去？和女孩待在一起的那些人是好人还是坏人？

2. 冲突

海盗进入飞船，他们朝飞船上的人开枪，那个身穿蓝色上衣的女孩用酒瓶子将戴墨镜的男人击倒在地，然后从他的身上拿走一条蓝宝石项链，她小心翼翼地将那条项链戴在脖子上。女孩起身打开窗户，从窗户逃跑。海盗们踢开女孩房间的门，一个海盗向窗外望去发现了那个女孩，他喊道："找到了，老妈她在这啊。"这时那个老太婆跑了过来，她喊着："就是那个石头，先拿飞行石啊！"

之前的悬念在冲突中得到了答案，那些人都是冲着女孩身上的飞行石来的。这究竟是一块什么样的石头，让这么多人付出如此之大的代价？

3. 冲突引发的悬念

女孩失足，她带着飞行石坠入云端。那女孩到底是谁？她叫什么名字？她会摔死吗？那飞行石到底是什么东西？为什么这么多人都想得到它？那石头和女孩与之后出现的影片片名《天空之城》又有着怎样的联系？

2.3 故事背景

故事背景有4个方面，即时代、期限、地点和冲突层面。

2.3.1 时代

时代是一个故事在时间中的位置。

第一方面是时代,是指故事发生在现在,还是在过去,还是想象中的未来。

2.3.2 期限

期限是故事在时间中的长度。

期限是第二方面。在人物的生活中,故事的时间跨度是多少?几十年、几年、几个月、几天。一般电影都是将这段时间内所发生的事情压缩至90~120分钟。

2.3.3 地点

地点是故事在空间中的位置。

地点是故事第3个方面。故事的具体地理位置是什么?在什么城镇?在哪些街道的哪些楼房里?哪些楼房的哪些房间里?上了哪座山?穿越了哪里的沙漠?或到哪个星球旅行。

2.3.4 冲突层面

冲突层面是故事在人类斗争等级体系中的位置。

冲突层面是第4个方面。一个背景不仅包括物质域和时间域,而且还包括社会域。这是一条垂直的线索,是在冲突层面上来讲述的故事。故事聚焦于人物内心,即使是不自觉的冲突,或者提高一个层面,聚焦于人际冲突,或者更高更广,聚焦于与社会机构的竞争,或再广泛一些,聚焦于与环境力量的斗争。通过生活中的多重体验,故事可以定位于这些层面的任意一个或任意组合。

■ 案例解析

影片《我在伊朗长大》以伊朗的社会变迁作为故事发生的**时代、时期和地点**。随着主角玛嘉的成长,大家可以深入了解伊朗的历史、政治和文化。主角玛嘉渐渐长大被父母送到奥地利上学。玛嘉身为一个伊朗人,不得不面对别人的歧视和自卑的情绪,影片以此作为故事的**冲突层面**。当她终于克服了心理障碍,赢得大家认可的时候,爱情的伤痛和对家乡的思念,却使她决定回到父母身边。此时的伊朗,依然经历着战火的洗礼,宗教对妇女生活的限制越发严苛,玛嘉开始怀疑自己是否应该在这个充满专制的国度继续生活下去。

2.4　故事主线

故事始终必须向前发展，它将沿着一条路径、一个方向、一条从开端直到结尾的发展路线，无论它是否采用了倒叙的讲述方式；无论它是否以非线性或线性的方式来讲述，故事都是沿着可以达到一定目的的一条路径发展，这就是故事主线。

一位主人公欲望的能量形成了故事设计中一个被称为故事主线的重要成分，它又称为贯穿线或超级目标。故事主线是主人公为恢复心理平衡所表现出的深层欲望和所进行的不懈努力。它是第一位的力量，其将故事的所有其他要素融为一体。因为无论在故事中发生什么，每一个场景、形象和话语最终都只是故事主线的一个方面，与欲望和行动的这一核心主题的有着某种因果联系。

2.4.1　不自觉与自觉欲望

如果主人公有自觉的欲望，那么他的自觉目标便成为故事线；如果主人公有一个不自觉的欲望，那么这个不自觉的欲望便会成为故事的主线。一个不自觉欲望总是要更强烈、更持久，深深扎根于主人公的内心。当一个不自觉的欲望驱动着故事的发展时，它将允许作者创作出一个更为复杂的人物，他可以不断改变其自觉欲望。

2.4.2　求索之路

一个事件打破一个人物心理的平衡，使之或变好或变坏，在他内心激发起一个自觉或不自觉的欲望，意欲恢复平衡，于是这一事件就把他送上了一条追寻欲望对象的求索之路，一路上他必须与各种内心的、个人的、外界的对抗力量相抗衡。他也许能也许不能实现欲望，这便是故事的要义。

案例解析

影片《无敌破坏王》中的无敌破坏王生活在一个20世纪80年代出品的低精度游戏中。他的设定身份是一个反派，每天的生活就是在游戏《快手阿修》中大搞破坏，其后由玩家操作的英雄人物快手阿修会及时赶到进行修补，赢得奖牌，包揽一切荣耀。身为反派，破坏王厌倦了自己的生活，眼看阿修被胜利者的光环围绕，自己却日复一日地在无趣中过活，他终于决定改变。这是破坏王的内心冲突和个人冲突，我们可以理解为**自觉目标**。单纯的他以为只要自己也能得到一枚奖牌，就可以摆脱反派的身份，于是某日在游戏厅歇业后，破坏王偷偷离开了自己的游戏，前去闯荡其他电子游戏的世界。

在途中，破坏王结识了来自《英雄使命》的冷酷队长和来自20世纪90年代糖果赛车游戏《甜蜜冲刺》中的小女孩云妮。云妮梦想着能上场比赛，但其身份也不允许她梦想

成真。破坏王所属的游戏《快手阿修》由于失去了他被认定为系统错误，如不尽快返回，则游戏就会被永久删除；而《甜蜜冲刺》的游戏世界则在悄悄酝酿着一场巨大的、威胁到整个游戏世界的阴谋。这也许是无敌破坏王实现梦想的机会，但也可能是一条不归路，也许他可以扭转乾坤，成为一名真正的英雄。这是主人公与外界发生的冲突，我们可以理解为**不自觉欲望**。最后在他们共同的努力下终于让糖果王国恢复了宁静，而破坏王和云妮则各负其责，回到了自己的游戏王国。

2.4.3 激励事件

一个故事是由5个要素设计组成的。**激励事件**，故事讲述的第一个重大事件，是一切后续情节的首要导因，它使其他4个要素开始运转起来，即**进展纠葛、危机、高潮、结局**。

激励事件的冲击给我们创造了到达生活极限的机会，它是一种"爆炸"。在动作冒险类型中，它也许是一种实际的爆炸。在其他类型的影片中，则可能会像一丝微笑那样

悄无声息。无论是多么微妙或多么直接，它必须打乱主人公的现状，把他的生活推出现行轨道，使角色的生存环境变得一片混乱。在这一片混乱之中，必须在高潮处找到一个解决办法。这一方法不管怎样，能使这一环境恢复平静，形成一个新的秩序。

案例解析

影片《美食总动员》中主人公小米是一只不一般的老鼠，它要重新思考一下自己的生活方式，它与其他族人有着对生活截然不同的观点，它决定要过和人一样的生活，它要吃好的食物，它要创造美食。一只老鼠要过和人一样的生活，而且它还要创造美食新概念。这样的激励事件给主人公创造了达到极致生活的机会。

2.4.4　故事鸿沟

故事鸿沟这一概念出自于银幕剧作大师罗伯特·麦基的《故事》一书，即**故事产生于主观领域和客观领域的相交之处。**

主人公在追寻一个不可企及的欲望对象。他自觉或不自觉地选择采取某一特定的行动，其动机来自于这一行动会导致世界做出相应的反应，从而成为实现其欲望的一个积极步骤。从这一主观的观点来看，他所选择的行动似乎是最小的、保守的，但足以产生他所需要的反应。但在他采取这一行动的瞬间，其内心活动、个人关系、个人与外界的关系或这一切组合而成的客观环境，会做出一个与他的期望大相径庭或比他的期望更为强烈的反应。

来自他内心的这一反应使他的欲望受阻、遭受挫折，比在采取行动之前离欲望更远。他的行动不仅没有造成合作，反而激发了诸多对抗力量。在主观期望和客观现实之间，在他采取行动时以为会发生的事情和实际发生的事情之间，在或然性和必然性之间出现了一道鸿沟。

案例解析

影片《超人总动员》开始部分，超人解救了一个跳楼自杀的男子后又遇到正在炸保险柜的炸弹魔，炸弹魔为脱身将一颗炸弹吸在神奇小子身上，在此过程中炸弹不慎落在高架铁轨上，铁轨被炸断。正在这时一辆高铁列车飞速驶来，眼看就要经过断桥，超人奋不顾身、竭尽全力用身体将飞驰的列车截住。这是主人公采取的特定行动，这一行动之后会导致环境发生相应的反应。

经过一连串令人眼花缭乱的事件，一位超级英雄却遭到起诉。原因是他救了显然不想被搭救的人。原告奥利弗·桑斯维特在企图自杀时被超人阻止，他向高级法院提出了针对这位著名超级英雄的诉讼。由于超人的行动导致的伤害，令他终日生活在痛苦中求死不能。5天后高架铁路事故受害者，又提出了另一起诉讼。超人的败诉令政府付出了数百万元，同时也引发了世界各地数十起超级英雄诉讼案的风潮。迫于巨大的公众压力和没完没了的诉讼，带来巨大的财政负担。政府悄悄启动了超级英雄重新安置案，超人以往的得失得到了特赦，作为交换条件他们承诺再也不充当英雄的角色，隐姓埋名变为平民。这是主人公采取行动后的结果，他的行动不仅没有引起合作，反而使他的欲望受阻，使他遭到挫折。鸿沟就是指出现在主人公期望和结果之间，或然性和真正的必然性之间。

第3章
人 物

- 人物塑造
- 人物设计的要素
- 主人公
- 小人物、小角色
- 台词
- 人物塑造的5个诀窍

3.1 人物塑造

人物塑造是通过人物的生活细节和生活方式以及其他形式的特征所表示出来的，如年龄和智商；性别和性格；语言和手势风格；房子、汽车和服饰的选择；教育和职业；个性和气质；价值和态度等。总之人物塑造是一个人一切可以观察到的素质的总和，一切通过仔细考察可以获知的东西。

在故事中，一个人物在一瞬间采取的行动，期望他的世界做出一个有益的反应，但其行动的效果却引发出各种对抗力量。人物的世界所做出的反应要么与他的期望大相径庭，要么比他期望的反应更为强烈，要么二者兼有。

案例解析

影片《借东西的小人阿莉埃蒂》中的主人公翔在影片开始部分坐着外婆开的奔驰车，来到乡间别墅休养，准备做心脏手术。他的行动有些缓慢，感觉身体有些虚弱。翔在别墅的花园里发现小人阿莉埃蒂，观众跟随阿莉埃蒂来到她的家，她住在小翔外婆家的地板下面，乍一看和人类的房间没有什么区别，可是仔细一瞧一切都缩小了好多。她头上戴着一个橘色的发卡，这个发卡只不过是一只再平常不过的小塑料夹子，在这个身高不足10厘米的小人族生活的世界里却成为一件非常珍贵的宝贝。在日常生活中小人族必须跟老鼠作战，还必须要躲过杀虫剂和捕蟑屋等各种不同的危险，故事将着力描述小人家族努力生存的状态。

通过对人物生活环境的刻画，观众得知主人公阿莉埃蒂的小人身份。这一情节驱动了后面的故事发展，之后翔与小人阿莉埃蒂成了好朋友，并且在翔的帮助下逃离险境。

3.1.1 人物压力

只有当一个人在压力之下做出选择时才能得到揭示——压力越大，揭示越深，该选择便越真实地表达了人物的本性。

在人物塑造的表面之下，无论其面貌如何，这一个人到底是谁？在他的人性的最深处，观众将会发现什么？是充满爱心还是残酷无情；慷慨大方还是自私自利；身强体壮还是弱不禁风；忠厚老实还是虚情假意；英雄无畏还是懦弱猥琐。得知真相的唯一方法就是看他在压力之下做出的选择，在对其欲望的追求中是采取哪种行动。他做出什么样的选择，他便是什么样的人。

压力是根本。没有任何风险的情况下做出的选择意义甚微。如果一个人物在一个说谎将不会使他获得任何好处的情况下选择讲真话，这一选择是微不足道的，这一瞬间没有表达任何东西。但是，如果同样一个人物在说谎可以保全他的性命的情况下还是坚持讲真话，那么，观众便能察觉到诚实是其性格的核心。

■ 案例解析

影片《野蛮人罗纳尔》中的罗纳尔是个极度没有自信、瘦弱、胆小的年轻野蛮人。但是在命运的驱使下，当邪恶的沃尔克加国王进攻村庄之时，拯救同胞生命的艰巨任务就落在了他的肩膀上。压力之下罗纳尔是选择离开还是杀死邪恶的沃尔克加国王救出他的伙伴。最后罗纳尔还是在千钧一发之际杀死了邪恶的沃尔克加国王，整个野蛮人部落获救了。在以往一些影片中，原以为是英雄的人原来是个怯懦的人，或原以为怯懦的人原来是一个英雄。只有在压力之下人物的真实本性才会被揭示。

3.1.2 人物揭示

用对比反衬人物塑造来揭示真正的人物性格，这是所有优秀故事讲述手法中最基本的要素。生活教给我们这一无可辩驳的原则：**看似如此其实并非如此，人不可貌相。**在表面特征的下面掩盖着一个深藏的本性。无论人物言说什么，无论他们举止如何，观众了解深层的人物性格的唯一办法，就是看他们在压力之下做出的选择。

📖 案例解析

影片《名侦探柯南》中故事主人公的真实身份是工藤新一，帝丹高中二年级B班学生，高中生侦探，被称为"平成年代的福尔摩斯"、"日本警察的救世主"，很多案件在他的活跃之下得以侦破。由于被黑衣组织的成员灌下毒药APTX4869而导致身体变小，之后化名为"江户川柯南"，为了调查黑衣组织而寄住在毛利侦探事务所。目前就读于帝丹小学一年级B班，是少年侦探团成员。

在故事的压力之下，柯南选择揭示出在其小孩子的外表之下是一个具有超级侦破能力的大侦探。他利用阿笠博士发明的手表型麻醉枪让小五郎睡着，接着用蝴蝶结领结变声器模仿他的声音来进行推理，解决了许多案件，同时也结交了许多伙伴，并且一直寻找着黑衣组织的人的下落，希望有朝一日将其绳之以法，并变回原来的样子。这样就揭示了柯南是一个与其年龄外表相反的、智勇双全的大侦探，这种揭示已经变成了一种似乎是无穷无尽的乐趣。

3.1.3 两难选择

人物真正的选择是两难之择。它发生于两种情境。**一种是不可调和的两善取其一的选择：**从人物的视点来看，两个事物都是他所欲者，他两者都想要，但环境迫使他只能选择一种。**另一种是两恶取其轻的选择：**从人物的观点来看，两个事物都是他所不欲者，他一个也不想要，但环境迫使他必须二者择一。在这种真正的两难之境中，一个人物如何选择便是对其人性以及他所生活的世界的一个强有力的表现。

📖 案例解析

影片《蓝精灵》开始部分，格格巫闯入蓝精灵的家园，蓝爸爸带着他的孩子们被迫选择离开家园。在途中他们来到了一个山洞的悬崖边，一边是将要被蓝色的漩涡吸走，另一边是送入格格巫的魔爪，最后蓝爸爸选择进入蓝色的漩涡来到了纽约中央公园。这种设计就是**两恶选择**，从人物的观点来看，两个事物都是蓝精灵所不欲者，他们一个都不想要，但外界因素迫使他们必须二者择一。

影片《冰河世纪3》开始部分松鼠斯克莱特遇见了女友斯克莱塔，并一见钟情。但是当在女友和坚果之间做出选择的时候，它却犹豫不决。最后斯克莱特为救女友坠入悬崖，可是女友斯克莱塔却带着坚果跑了。结果落得人财两空，自己坠入谷底。

在影片结尾部分松鼠斯克莱特与女友斯克莱塔搬入爱巢，准备开始崭新的二人生活时，斯克莱特从窗外看到了坚果，最后它还是在女友和坚果之间做出了明确的选择，

这次它选择了坚果抛弃了女友，从热带雨林回到了冰河世纪，可正在它得意之时意外发生了，从上面掉下来的冰块正好砸在它的身上，坚果掉进了热带雨林，结局还是人财两空。这种选择就是**两善选择**，对于斯特莱特来说女友和坚果都是它所欲者，它两个都想要，但它最后只能选择一种。其精彩之处是在影片开始部分就已经为结尾部分埋下了伏笔，结果斯克莱特还是两手空空什么也没得到。

3.2 人物设计的要素

创作一个出色的人物必须具备4个要素：第一，人物首先必须有一个坚定的戏剧性需求；第二，人物必须有一个对事物的个人观点；第三，人物必须有一个对事物的态度；第四，这个人物总要经历某种事物的转变。

3.2.1 戏剧性需求

每个主要人物都有一个强烈的戏剧性需求。戏剧性需求被定义为人物在剧本的严谨过程中所想要赢得、得到、获取或成就的东西。戏剧性需求是人物的目的、使命、动机，是推动人物在故事线的叙事情节中穿行的驱动力。

人物的戏剧性需求是绝对不可触犯的。这种不可变动的禁忌是由于它维持和联系了整个故事。将文字书写在纸上是剧本写作过程中最容易的事情，费事的是对故事视觉化的构思。

在多数情况下，用一两个句子来表达这种目标。通常较为简单并且能够运用对白中的一句台词或人物的动作来陈述。无论采用何种表达方式，作为编剧必须知道人物的目标是什么。有时候在一些电影剧本中，人物的目标会发生变化。如果人物的目标确实发生了变化，这通常会发生在整个故事的第二个情节点，也是故事的真正开端。

案例解析

影片《美食总动员》中的主人公老鼠小米的**戏剧性需求**是要成为一个伟大的厨师。他与众不同，一心想成为一个大厨师，像他的偶像食神那样。食神古斯丁说："料理非难事，任何人都会烹饪，但是只有勇者才能成功。"食神的这番话激励了小米。

3.2.2 观点

观点可以定义为"一个人看待或观察世界的方式"。每个人都有自己的独特观点，**观点是某种个体性或独立性的信仰体系**。正如有的人"相信上帝"是一种观点，有的人"不相信上帝"或"不知道上帝是否存在"也是一种观点，这是3种互不依赖区分明显的观点。每一种观点在各自的经验结构中都是真理。重要的是要意识到在这里不存在对与错、好与坏，不存在是非判断、正当的理由和价值的评估。

观点描绘和润色了人们看待世界的方式。正因为观点是某种信仰体系，人们就以此为真理去行动或做出反应。这就是为什么每个人都有明确、清晰、奇异和独特的观点。这是因为人们的经验世界决定了人们的观点。

案例解析

影片《幽灵公主》中从黑帽大人这个女权主义者的观点来看，她为了铁城镇的发展而砍伐森林扩大领土。她认为制造火器杀死威胁自己生命安全的山兽神是天经地义的事情。于是一个荒谬结论就得出来了：不杀死山兽，人类灭亡；杀死山兽，人类被诅咒。

主人公珊是一个脸上常戴面具、身披狼皮、手拿长矛的女孩。被人类遗弃在森林，后被山犬神收养。她与山犬共同守护着森林和山兽神，这是她所信仰的。

主人公阿席达卡的观点是人与自然之间的和平，他一直为阻止人类与自然之间的战争而努力。可是人类科技的发展必然是与自然相对立的。阿席达卡见证了人类与自然之间的龟裂，人类从大地母亲的胎内就开始破坏的行为，于是大地崩溃了。这就意味着宫崎骏的动画作品一直以来所揭示的自然和现实之间关联的中断。

3.2.3 态度

态度可以定义为一种"行为方式或意见"，并且反应某个人的个人意见，这种意见**是通过理性思考做出的判断**。一种态度与一种观点的不同之处在于，决定采取某种态度是出于个人的判断：这是对的，那是错的；这是好的，那是坏的；这是正面积极的或是负面消极的；愤怒或是快乐；乐观向上或是悲观失望。

态度包含了一个人的行为方式。在社会行为或伦理道德方面采取高姿态或低调都是一种态度。同样，做个"男子汉"也是一种态度。了解了一个人物的态度，就能够通过他们的行动和对白来表现他们是什么样的人。人们通过态度来表现自身各个不同的方面。

案例解析

影片《幽灵公主》中的主人公珊开始是对人类满怀仇恨，与身配利器、专门刺杀破坏森林的人类势不两立。这是她对人类的态度。

所有这些唇枪舌剑都是出于一种态度，人物都想通过表达他们的看法为自己的行为作辩解。下面是阿席达卡第一次与珊在河对岸相见时的对白，从对白和人物形体动作以及表情可以发现珊对人类仇恨冷漠的态度。

阿席达卡说："我叫阿席达卡，是从东方的尽头来的。你们就是传说中住在山兽神森林中的古神吗？"

珊用那种带有敌意的眼神凝视着阿席达卡，转身骑上犬神后说："离我远一点。"后离开。

3.2.4 变化、转变

故事中人物所经历某种形式的**变化或转变**，既可以是**情感方面**的，也可以是**身体方面**的。人物是否在电影剧本的发展过程中发生转变，取决于人物是否合适，而并不是绝对必需的。但是变化、转变似乎是无所不在的，尤其是身处现在的文化氛围里。变化和转变始终在生活中存在，如果能够让人物身上激发出某种形式的**情感转变**，就能创造出行为的轨迹并且增添表现人物形象的另一个维度。这种**变化和转变**被好莱坞编剧教父罗伯特·麦基定义为**人物弧光**。最优秀的作品不但揭示人物真相，而且在讲述过程中表现人物本性的发展轨迹或变化，无论是变好还是变坏。这种人物的**变化或转变**就是**人物弧光**。

案例解析

影片《幽灵公主》中，珊来袭击黑帽大人的铁工场。珊在敌众我寡的情况下形势危急，阿席达卡却一心要救她，并为此中了一枪，生命危在旦夕。获救的珊开始对阿席达卡的态度是充满敌意，甚至要将他杀死，情急之时身受重伤的阿席达卡对珊说出了心里话"你好美"。这句话打动了珊，因为从来没有人对她说过这样的话。珊最终被阿席达卡的真诚与勇敢所感动，阿席达卡伤势过重，珊对他的态度从而发生了转变，决定带他到山兽森林让山兽神救活他。阿席达卡被山兽神救活后，珊还拿来食物喂给阿席达卡吃。

3.3 主人公

3.3.1 主人公的类型

　　动画片的主人公不一定是人,它可以是一个动物,例如《加菲猫》《猫和老鼠》《功夫熊猫》《机器猫》,甚至是一个机器人,例如影片《机器人总动员》中的瓦利和伊芙。任何东西,只要能被给予一个自由意志,并具有欲望、行动和承受后果的能力,都可以成为主人公。

　　通常主人公是一个单一人物,例如《汽车总动员》中的主人公闪电麦昆。一个故事也可以由两个人驱动,例如影片《机器人总动员》《猫和老鼠》。也可以三个人驱动,例如动画短片《三个和尚》。或者多重主人公,例如影片《虫虫总动员》《马达加斯加》。

案例解析

　　在这方面影片《马达加斯加》无疑是个优秀的案例,下面把影片角色的性格特征找出来看看。

　　狮子亚历克斯:亚历克斯是纽约中央公园动物园的国王,处处享有特殊的待遇,从来也不缺香甜可口的美味和人山人海的追星族。可是,安逸奢华的生活也剥夺了亚历克斯的天性,昔日森林之王的威风已经荡然无存。在地铁站被老妇人一阵狂扁的时候,血盆大口却只会喊:"女士,你到底怎么了?"

　　河马格洛丽娅:作为4个好朋友中唯一的女性,格洛丽娅美丽、聪明、强壮和独立,它非常清楚自己想要什么,也知道该如何得到想要的东西。母性特有的细心、慈爱也使格洛丽娅觉得自己有责任照顾好那3个长不大的家伙,确保他们不受伤害。所以在马蒂失踪后,它也毫不犹豫地加入搜寻队中。

　　长颈鹿梅尔曼:梅尔曼患有忧郁症,看病吃药成了它每天的例行公事。它刚成年就从野生动物保护地纽约布朗克斯动物园被转到了位于曼哈顿的中央公园动物园。过去在布朗克斯的时光让梅尔曼相信自己是真正周游过世界的,当然和3个好朋友比起来,它算是见过世面的。

　　斑马玛蒂:玛蒂是天生的梦想家和冒险家,它经常梦见野生世界,它渴望了解动物园以外的世界。如此这般日久天长,不甘平淡的玛蒂终于厌倦动物园的生活。禁不住企鹅帮的鼓动,玛蒂在生日当天就宣布自己要出走动物园,回归大自然。一眨眼的工夫,盲动的它已从中央公园跑到时代广场了。

　　企鹅帮:4只可爱、狡猾的企鹅自始至终都不认为自己是属于动物园。为了回到家乡南极洲,它们精心策划了一个逃跑计划,成功诱骗马蒂他们上钩。企鹅帮练过功夫、精通兵法,它知道在"寡不敌众"的时候应该举起双手,知道在"敌明我暗"的时候应该集中兵力各个击破。

由群体组合可构成一个复合主人公，必须达到两个条件：第一，群体中的所有个体必须志同道合，拥有同一个欲望；第二，在为了满足这一欲望而进行的斗争中，他们必须同甘共苦、同舟共济。在一个复合主人公之内动机、行为和结果都是共通的。

案例解析

影片《风之谷》将整个大自然中剧毒泛滥的腐海和王虫，构成了一个庞大的**复合主人公**。王虫的发怒就是大地的发怒。宫崎骏是想让人们留下"王虫就是大地之精灵"的印象。大地之怒的王虫以压倒一切之势逼迫而来，结果巨神兵自毁其身。

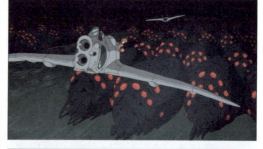

3.3.2 主人公的特点

无论故事的主人公是单一、多重还是复合,也无论其人物塑造特征如何,所有的主人公都必须具有他们的特点。

1. 主人公必须是一个具有意志力的人物

一部影片中的人物也许冥顽不化,甚至麻木不仁,但主人公必须是一个具有意志力的人。主人公的意志力必须足以在冲突中支撑其欲望,并最后采取行动来创造出意义重大而且不可逆转的变化。

案例解析

影片《四眼天鸡》中的主人公玛德,它一直胆小怕事,戴着一付笨重的大眼镜,常常受到朋友们的捉弄和讥笑。从外表来看,玛德似乎软弱、渺小而且没有意志力,可是玛德弱小的外表下却隐藏着一颗勇敢的心,它总是想要证明自己的能力并努力要在其他人中间树立自己的威信。一天一颗橡果碰巧砸在了玛德的头上,它以为是天要塌下来了,惊慌地到处通知大家,这样的无稽之谈必然是再次引来伙伴们的又一次嘲笑,大家都取笑玛德神经质。在爸爸与好朋友的鼓励下,玛德以爸爸为榜样,希望能像爸爸那样成为一位杰出的棒球运动员,好不容易得到了一次出赛的机会,大家都认为它不能帮助球队赢得比赛,但最后它凭借坚定的意志力赢得了这场比赛。

2. 主人公必须具有自觉的欲望

主人公的意志驱动一个已知的欲望。主人公具有一个需要或目标、一个欲望对象,而且他自己知道接下来要做什么。主人公的欲望对象可以是外在的,也可以是内在的。

无论内在还是外在，主人公知道他想要什么，而且对许多人物来说，一个简单、明了、自觉的欲望便已足够。

案例解析

影片《飞屋环游记》中卡尔与艾丽一辈子都梦想着到蒙兹提到的南美洲"仙境瀑布"去探险，但他们始终都疲于为生活而奔波。直到艾丽病逝，这个愿望也没能实现。艾丽死后在拆迁队的压力下，卡尔决定带着屋子一起离开这里，前往南美的"仙境瀑布"，去实现妻子和他共同的梦想。

3. 主人公还可以有一个自相矛盾的不自觉欲望

一个成功的主人公往往不仅只有一个自觉的欲望，还会有一个不自觉的欲望。一个多层面的主人公的自觉欲望和不自觉欲望是互相矛盾的。他相信他所需要的东西与他实际上需要而自己并未察觉的东西相对立。这是不言自明的。如果一个人物的潜意识欲望碰巧正是他所追寻的东西，那么这个潜意识欲望的设置便毫无意义。

4. 主人公必须有至少一次实现欲望的机会

观众绝不会有耐心奉陪一个不可能实现其欲望的主人公。因为没有人相信他们自身的生活中会有此事。没有人会相信，他的生活中就连实现愿望的最小的希望都没有。一个主人公如果绝对没有希望，如果毫无能力实现其欲望，那么他便不可能激起观众的兴趣。

案例解析

影片《飞屋环游记》中卡尔在罗素的帮助下飞到了"仙境瀑布"，实现了愿望。但当卡尔愿望实现的同时，一个不自觉的愿望出现了，就是他决定要帮助罗素救出将要被蒙兹带走做成标本的大鸟凯文。结尾部分出现了一个两难选择，一边是生命一边是卡尔与艾丽昔日与共的家，那可是他晚年的全部回忆。最终卡尔为挽救大鸟凯文选择放弃了他与艾丽的家，蒙兹和飞屋都坠入云层。卡尔和罗素因此成了形影不离的好朋友，过着幸福快乐而惬意的生活。而飞屋最终随气球独自飘落在平顶山脉的仙境瀑布边上，实现了艾丽和卡尔一生的梦想。

5. 主人公必须具有移情作用，同情作用则可有可无

移情是指像"观众"，在主人公的内心深处，观众发现了某种共通的人性。人物和观众不可能在各方面都相像，他们也许仅仅共享一个素质。但是人物的某些东西能够拨动观众的心弦。在那认同的一瞬间，观众突然本能地希望主人公得到他所欲求的一切。

观众这种不自觉的心态逻辑大略就是这样运转的："这个人物很像我自己，因此观众希望他得到他想得到的一切。因为如果我是他，在那种情况下，我也想得到同样的东西。"关于这种联系，好莱坞有许多同义语，如**"一个可以追随的人"**、**"一个可以为之喝彩的人"**。这一切都是描述观众心灵中所产生的与主人公的移情联系。被如此打动的观众可能会移情于影片中的每一个人物，但是他们必须移情于故事中的主人公。不然的话，观众与故事之间的纽带便会被割断。

3.3.3 主动主人公与被动主人公

1. 主动主人公

主动主人公在为追求欲望而采取行动时，与他周围的人和世界发生冲突。

案例解析

影片《汽车总动员》中，麦昆是速度飞快的赛车，对它来说，只有两件事最重要，一件是夺冠，另一件就是随之而来的一切，如名誉、金钱、美女、直升机等，一切都是它所梦想的。由于这些梦想的驱动，它从故事开始就在主动地去实现自己的梦想。但是由于比赛结果为三车同时到达终点线，主办方决定加一个附加赛。由此开始，它与周围的世界发生冲突。麦昆在乘坐拖车向附加赛赛场驶去的过程中出了点小意外，它被遗落在马路上，后来因为追错拖车而迷失方向跑到了水箱温泉镇。几天时间里在这个小镇发生了一系列的事情。最终它结识了一群新朋友，并且重新考虑自己的理想。矛盾冲突使主人公得到成长，并重新获得新的人生价值观。

2. 被动主人公

被动主人公表面消极被动，但在内心追求欲望时，与其自身性格的方方面面发生冲突。

案例解析

影片《千与千寻》中，千寻一家三口出门郊游走错了路，闯入了鬼怪神灵休息的世界，他们来到一个小镇上，奇怪的是这个小镇上空无一人。路边两旁是香喷喷的食物。千寻的父母按捺不住食物的诱惑，根本不在乎食物的主人不在这里，拿着食物就吃。此时夜幕降临，千寻遇见一条白龙。白龙身后大屋的灯光亮起，千寻被他严厉的语句吓得转身就往父母那里跑。一路上，灯光一盏一盏地亮起，似有似无的影子在她身边晃悠着，让人好为这个瘦弱的小女孩担心，期望她赶快回到父母那里，跟他们一起离开。

当千寻跑到父母吃东西的那个地方，却发现坐在那里的居然是穿着父母衣服的猪。千寻非常害怕，她不想被变成动物，可她却更加想救出她的父母，与家人团聚，但是此时她已经迷失了方向没有了退路。此时激励事件出现，故事开始的这一情节设计确定了千寻必须是被动主人公。

3.4 小人物、小角色

所有的角色，哪怕是一个很小很小的角色，都要具有特定的吸引观众、令人难忘的性格。给予每一个小角色一个令人耳目一新的特征，使得这个小角色在荧幕上给观众留下深刻的印象，不要仅仅让他们起到推动故事的作用，还要让他们引人注目，赋予他们鲜明的态度，再使他们做点有趣的事。

案例解析

影片《机器人总动员》中的蟑螂小强，它有一个千年不死之身，就算是伊芙的高能炮也毫发无伤。它是瓦利的"生活伴侣"，每天跟随他上下班，不离不弃，还能灵活地在铜墙铁壁间快速自如地穿行。从前人人喊打的蟑螂也变得不再可恶，它现在可是地球上唯一幸存的有机生物了。

在外太空同样也有搞笑的角色。专业从事"外来污染物"清理消毒的环保小机器人MO患有职业性的强迫症。哪里有污垢就将手上的清洁滚轮条伸向那里。在太空船上遇见瓦利后，MO就无比执着地虔诚尾随。当瓦利被红眼舵弄坏芯片时，还奄奄一息地伸出脏兮兮的小手与MO做自我介绍，小MO仍不忘记自己的本分，举起手先清洁一遍，消消毒再说。

好在MO尚未被过度机械化，还保留着"人情味"，不仅选择站在瓦利和伊芙这边，帮助船长对抗红眼舵，而且在瓦利和伊芙回到地球后牵手亲热时，还主动地提醒其他机器人乖乖地离开，不要打扰"有情人"的二人世界。

3.5 台词

语言包括对白和旁白两大类。自从出生后，人们就已经开始制造声音并用声音来表现自己了。这种声音表现自己的能力是基于人们的发声器官。随着语言能力的发展以及对词汇的理解，人们持续接收到通过语言语调传达的非语言信息。性格通常是通过语言模式的类型来表现的。而想在影片中使用的外语，可以在语言的要素、非语言信息或者是动物声音的基础上表达。

案例解析

动画片中有很多经典的台词设计。其中最具幽默的要数《加菲猫》中的台词设计了。例如"爱情来得快,去得也快,只有猪肉卷才是永恒的!""我通常只吃4类食品:早餐、午餐、晚餐还有点心餐。""欧迪,我们去吃冰激凌吧!不过你得看着我吃。""有了意大利面,谁还会吃老鼠呢?"等经典台词。这些台词设计准确刻画了加菲猫的懒惰、滑稽、我行我素的性格特点。

3.5.1 潜台词

潜台词是指在某一话语的背后,所隐藏着的那些没有直接、明白表达出来的意思。或者说,潜台词就是话中话所含有的意思。在戏剧的台词中没有直接说出,但观众通过思考都能领悟得出来的言语,比喻不明说的言外之意或戏剧术语,指台词的内在实质。包括说话的目的、言外之意和未尽之言等,亦借指某种暗含的意思。

潜台词是人物在行动过程中真实的内心表现,它是表现人物形象的灵魂,是掌握台词的一把钥匙。同样的台词和唱段,由于对潜台词的理解不同,掌握起来也就不同。要善于挖掘潜台词,潜台词挖掘好了,人物的动作也就出来了。找到了潜台词,也就找到了人物的真正的思想感情,塑造人物的表情、动作、语言等表达方式,也就有了依据。

■ 案例解析

《加菲猫》的潜台词设计,自己许了3个愿望:"第一个是要猪肉卷,第二个还是猪肉卷,第三个,哦,你错啦,我想要更多的愿望,那样我就能得到更多的猪肉卷啦。""钞票不是万能的,有时还需要信用卡。""我不是胖,我只是有点不够高。"等潜台词的设计已经成为加菲猫这个角色形象的灵魂。

3.5.2 对白

在电影中所有说出的台词都叫对白,是指导演员表达台词及动作的人或影片中由人物说出来的语言,是电影艺术的主要表现手段之一。影视语言作为人类思想交流的媒介,它既有表意功能,同时又能创造出艺术美感。对白要与影像相互配合,否则观众会感到困惑及不和谐。

电影语言是口说而非书写的形式，而表演的演员常能利用声音的高低抑扬甚至断句造成不同的效果。在文字上利用黑体、斜体来强调，或利用标点符号来造成语句的顿挫变化，都不如实际人类嗓音表现直接有效。语言内涵丰富，绝非书写文字之粗糙可比。换句话说，演员经常得视其语言而决定要强调哪个字，或哪个字得"丢弃"。对天才型演员来说，和复杂的口说语言比起来，其对白的设计完全只是个蓝图。嗓音很好的演员可以在一个简单的句子里变换十多种意思。

（1）银幕对白要求压缩和简约。银幕对白必须以尽可能少的词句表达最多的内容。

（2）它必须具有方向。对白的每一次交流都必须将场景中的节拍向与变化中的行动相对应的一个或另一个方向转折，而且没有重复。

（3）它应该具有目的。每一行台词或对白的交流都要执行设计中的一个步骤，以围绕转折点构建场景并形成场景弧光。这一严密的设计听起来必须像日常谈话，采用非正式的和自然的词汇，充满俗话俚语。必要的话，甚至还可采用脏话。

电影不是小说，对白说完就过去了。如果话语在离开演员之口的那一刻不能让人明白，观众会不知所云，甚至影响电影主题的表达。

案例解析

影片《加菲猫2》开始部分中的一段对白，约翰对着加菲猫排练如何去向女友丽兹表白的一段精彩对话。

乔恩：我要告诉你，你是我生命中最重要的！

加菲：别吵，我睡觉了。

乔恩：认识你之前，生活索然无味，那时的我不完整。

加菲：现在的你也一样。

乔恩：其实我想我说的是，愿意嫁给我吗？

加菲：嗯？结婚？这也太闪电式了吧。要一步一步悠着来，我俩是挺来电，可没夫妻相。你做我的佣人我们就能在一起。

乔恩：你愿意吗？丽兹？

加菲：等一下。丽兹？丽兹？

乔恩：加菲！

加菲：丽兹是女孩。更糟的是，她是兽医。

乔恩：火鸡好了。

加菲：这家伙也太损了，得换个折磨人的歌，新歌上路！谁来给我量量体温？

乔恩：加菲！

加菲：哥们儿，你变多了。

乔恩：不能让你搅了我的好事。

加菲：哦，懂了！是她！是她不喜欢我们的音乐！乔恩变了这么多，重金属粉丝变柔情派了，你以前的发型也比现在酷！

　　乔恩：待在这儿。

　　加菲：而且酷多了！你是为她才变成这样的！

　　乔恩：来啦！

　　加菲：你的发型准让她心头小鹿乱撞。

3.5.3　旁白

　　电影艺术中以"画外音"形式出现的解说性、评论性语言。通常以剧作者"第三人称式"的客观观点或以某剧中人物"第一人称式"的主观视点出现。它不是在剧中其他人物的动作作用下产生的反应行动，不承担塑造人物性格的剧作职责。通常被作为剧作结构的一种辅助手段应用于说明剧情发展的时间、地点、时代背景；对剧情大幅度的时空跨越；介绍人物；对剧情的某些内容作必要的解释或发表具有哲理性和柔情性的议论等方面。

　　旁白大多不追求口语化。相反，它追求书面语言那种较为严密的语法结构和逻辑性，具有一定的文学性。应用时一般都避免与画面内容的同义重复和对主题的直接宣说；在风格上则与剧作的总体风格保持一致。

　　旁白能够使电影产生主观色彩，且通常带有宿命意味。早期旁白用得最多的是在纪录片中，由画面外的旁白来提供观众依附视觉的事实信息。旁白不但可以解说展开故事，提供角色的粗略背景，也可以作为场景转换的手段。

■ 案例解析

　　影片《加菲猫2》中开始是以旁白的方式作为引子展开故事，将观众带入戏中。

　　旁白内容：很久很久以前，在一个很远很远的英格兰城堡，住着一个饭来张口的贵人,他名叫王子。

王子过着极其奢华的生活,哦,我说没说过王子是一只猫?

在世界另一边,同样有一只饭来张口的猫,它也自以为是王,只不过它的王国相对要小一些。

旁白配合画面清楚地交代了两个有着相同相貌,但身份地位有着巨大悬殊的"加菲猫"。

3.5.4　内心独白

电影艺术中以"画外音"形式出现的剧中人物的内心自白,是电影编剧揭示人物心理活动的基本手段之一,是人物言语动作的一种形式。与旁白不同,它只能是"第一人称式"的。就内心独白的发出者而言,不存在与观众直接交流的目的,而是一种在其他剧中人物的动作作用下产生出来的内心反应。人物的性格不仅表现在他"做什么"和"怎么做"上,也表现在他"想什么"和"怎么想"上,内心独白的基本剧作功能即在于从内心动作入手揭示人物性格。应用时须注意语言的性格化赋予它丰富的潜台词。那种以内心独白代替银幕动作将内心活动全部述说出来的做法,以及在画面已将内心活动揭示清楚之后仍用内心独白复述的做法,都是违反电影艺术规律的。

■ 案例解析

影片《汽车总动员》开头部分是以影片主人公闪电麦昆的内心独白作为引子,为之后主人公出场比赛场面上演做铺垫。

独白内容："好的，该要开始了，集中精神，速度！我有速度！一个胜利者，42名失败者。要是失败了我连早餐都没有了，早餐？我应该挣到早餐，这是个好主意，不！不！不！不行！一定要集中精神加速！我要成为最快的那一个！我是第一名！"

从独白的语气和内容来看，主人公闪电麦昆是个充满自信，速度很快的赛车，他要在43辆赛车中夺得第一名，如果失败了他就要挨饿。配合内心独白是黑屏和赛车飞驰的画面闪现。

3.6 人物塑造的5个诀窍

3.6.1 人物就是自知

从哪儿找到我们想要的人物？一部分是通过观察生活。作家常常随身带着笔记本或相机，将生活中的一些信息搜集起来并将这些素材保存起来。当他们感到创造力枯竭时，会在这些素材中寻找想法，以激活他们的想象力。但是将生活完全照搬到纸稿上却是一个错误，很少有真人能像一个人物那样明确入微。作家借用各种不同人性的边角碎片、想象的原材料以及平日的观察所得，把它们装配到一起，然后打磨成我们称为人物的生物。

作为一个作家，可以确信，大街上向你走来的每一个人，尽管有其各自不同的方式，但他们都具有和你一样的基本的人类思想和感情。这就是为什么当你自问："如果我是这个人物，在这种情况下，我会怎么办？"时，诚实的回答总是正确的。我们会做出人会做的事。因此对自己人性的神秘之处观察得越深，对自己的了解就会越多，从而也就越能了解别人。

3.6.2 动作就是人物

究竟是人物决定事件？还是事件创造人物？无论是一个动作、反应还是对白，理解人物的动力都是最基本的。定义一个人物和使人物清晰化，均取决于由人物的思想、感觉和情绪所决定的行为和维度。

那么什么是人物？动作就是人物。一个人做什么说明他是谁，他并不必须说些什么。电影是表现行为，因为我们是用画面讲述一个故事，作家必须表现人物对于他或她不得不面对和克服的事件如何行动和反应。如果想让剧本中的人物更强有力、有更大的空间和更具普遍性的话，首先必须决定的是他们在剧本里是不是一种动作性的力量，看看是不是他们导致了事件的发生，或者是不是事件与他们发生了关系。通过这种方法可以发现人物存在的问题。

3.6.3　给人物一个安身之处

地点应该作为一个独立的特征来处理，人物应该安置在正确的时间和地点。当故事有地点出现时别说是"郊区"，选择一个城市或小镇的名字，并且让它成为故事中的一个重要部分。没有所谓的"一个普通小镇"，没有所谓的"一个中等城市"，真实生活中也许没有，电影里是肯定没有。如果在选择地点的时候不能做到真正的具体，具体到乡村、城市或者别墅的某个房间，就没有办法发挥到最佳写作水平。

3.6.4　热爱所有的人物

一个作家怎么会仇恨自己的人物？那可是他的孩子。他怎么会恨他自己创造出来的生命？世界银幕剧作大师罗伯特·麦基说："拥抱你所创造的所有人物，尤其是坏人。他们跟其他每一个人物一样，都值得去爱"。

3.6.5　负面角色要更强大

对手、坏蛋或者敌人，他们必须比好人强大。如果电影一开始面对坏蛋时没把观众吓住，故事就要重写。坏蛋必须一直在采取行动，他总是在算计、谋划、偷盗、杀戮、伤害、贬损故事的主人公。如果这个坏蛋不是一直在采取行动，而且是越来越聪明的行动，那么他就不是一个称职的坏蛋。如果没有办法把英雄和坏蛋的关系从仅仅是同城的竞争者改成事业上的搭档，那我们还是再改改吧。

第4章 场景

- 场景的基本概念
- 场景的要素
- 场景目标
- 场景内的冲突
- 场景的转折点
- 节拍、序列
- 场景设计技巧

4.1 场景的基本概念

就一部典型的电影而言,作者将要选择40~60个故事事件,按照通常的说法,叫作场景。小说家也许需要60个以上的场景,一部20分钟长的动画片大概需要8个左右的故事事件。

场景的目的有两个,一个是为了推动故事向前发展,另一个是为了揭示人物的有关信息。如果一个场景没有满足这两个因素,或只满足其中一个,那么它就不属于这个剧本。

一个场景即是一个微缩故事,有着和电影剧本同样的结构准则:开端、发展、高潮、结局。在一个统一或连续的时空中通过冲突表现出来的、改变人物生活中的负载着价值的情境的一个动作。这段动作根据至少一个具有一定程度的感知的重要性的价值改变了人物生活中负荷价值的情境。理想的场景即是一个故事事件。

从理论上说,一个场景的长度或景点几乎没有任何限制。一个场景可以无限小。在适当的上下文中,一个场景可以由一个单一的镜头构成:一只手翻过一张扑克牌便可以表达重大的变化。相反,10分钟的动作,跨越战场上十几个地点,所表达的东西也许少得多。无论景点长度如何,一个场景必须统一在欲望、动作、冲突和变化周围。

案例解析

优秀的场景造就优秀的电影。当回想到一部好电影时,脑海里浮现的是场景,而不是整部影片。想想《飞屋环游记》能回想到哪个场景?对!"仙境瀑布"。这个场景是用来推动故事向前发展的,是主人公的目的地。

例如影片《哈尔的移动城堡》,给观众留下印象最深的是"移动城堡"。在那里会住着什么样的人?谁是这个奇怪城堡的主人?答案是一位魔法师,他叫哈尔。"移动城堡"这个场景是电影剧本中最为重要的一个因素。

4.2 场景的要素

每个场景都包括两样东西:**地点和时间**。这两个要素将事物固定在框架内,任何场景都处在特定的空间和特定的时间中,这就是事情发生的背景。在设计和构成场景之前，必须知道的就是这两件事。如果变换了地点和时间，那就变成一个新的场景了。因为每改变其中一个要素，就需要调整一次场景中的光影和角度。

4.2.1 地点

场景发生在什么地方？是在一个公寓、在办公室、在下水道？还是在海滩上、在山间小路、在拥挤的纽约市中心街道上？场景的场所是什么？发生在室内还是室外，是内景（Interior）还是外景（Exterior）？也可以用INT来表示内景，而用EXT来表示外景。

4.2.2 时间

场景发生在白天还是晚上的什么时间呢？是早晨、下午、还是深夜呢？指明场景的是白天还是深夜。有时候可能会更具体些：黎明、日出、清晨、上午、中午、下午、傍晚、日落、或深夜。这些区别是必要的，因为一天当中每一个时刻的光线都是不同的。这种细分方法可为场景中人物的光影提供一个重要的依据，它是一个非常重要的工作。

案例解析

影片《小鸡快跑》中开始的部分。这样的两个场景标题就成为：

外景　养鸡场—夜　　　　　　　　　　内景　鸡窝—日

4.3 场景目标

场景目标必须是一个人物的超级目标或故事主干的一个方面。在每一个场景中，一个人物追求一个与其当前的时空有关的欲望。人物通过在压力之下选择采取一个或另一个行动来追求他的场景目标。但是，从任一或所有冲突层面却产生出一个在他意料之外的反应。其效果是在期望和结果之间裂开一道**鸿沟**，把他外在时运、内心生活或二者同时从正面转向负面或从负面转向正面，其衡量标准是观众所知道的押上台面的**风险价值**。

案例解析

影片《天空之城》中被军队和海盗多拉一家追赶的巴斯和希塔从崩溃的高架桥上坠落。主人公在压力之下,两恶择一。可就在途中,他们发现飞行石的力量。意料之外的反应,鸿沟裂开。两个人落入废井坑中,那是敌手无法追击的安全之地。被动主人公采取的行动由负面转向正面。在那他们得到一位舍去尘世又颇有贤人风度的、名叫坡木的地下伯伯的启示,得知天空都市和飞行石的关系,从此开始对天空之城的追求。确定新的场景目标的追求,从而迎来大的展开。

4.4 场景内的冲突

每一个场景必须有某种形式上的冲突,在场景内构建矛盾冲突是吸引观众看下去最简单的方法。要尽可能地让所有的场景里都具有情绪张力,或将已有的冲突进行加强、升级。设法在一些没有冲突的场景中增加冲突,冲突就是一切,甚至主人公与环境或某个物件、道具之间也可以发生冲突。如果在一个场景中没有发生冲突,那么就要重新设计这个场景。

第4章 场景

案例解析

韩国系列动画片《倒霉熊》第三集《健身房》中整个场景只有倒霉熊一个角色,当它来到健身房玩那些健身器械的时候,健身器械与它发生了种种冲突。首先它站在一台瘦身机旁边启动机器后却不听使唤。这时这台机器与它发生了冲突,导致它失去平衡碰到身后的杠铃,沉重的杠铃压在它的脖子上,它用尽全身的力气还是不能将杠铃移开,此时它与杠铃之间发生了强烈的冲突。后来它借助两个倾斜的仰卧起坐器才艰难地将杠铃摆脱开,终于松了一口气,问题得到了解决。它想还是出去跑跑步比较安全,正在这时它看见一台跑步机,站了上去,打开开关。可是跑步机不听使唤,倒霉熊愤怒地砸机器,最后自己无奈地躺在失去控制的跑步机上,任其蹂躏。冲突再次升级,以至于无法解决。这3个冲突之间形成了递进关系,冲突在场景的变化中不断地升级,以至最终事态发展到主人公已经无法自行解决。

4.5 场景的转折点

场景导致细微而又意义重大的变化。**序列高潮**是一个导致适中逆转的场景,这种变化的冲击力要大于场景。**幕高潮**是一个导致重大逆转的场景,这一变化的冲击力要大序列高潮。因此绝不要写一个平铺直叙、只是纯粹展示的场景。相反,要努力创造一个让其中的每一个场景都成为一个细微、适中或重大转折点的故事设计。

转折点的效果是四重的：惊奇、增强好奇心、见识和新方向。

■ 案例解析

影片《飞屋环游记》中卡尔决定带着屋子一起离开这里前往"仙境瀑布"，去实现妻子和他共同的梦想。卡尔用气球将屋子升起，他的举动令观众大吃一惊，这点是无论人物还是观众都不曾预料到的惊奇。这一震惊的瞬间立刻引发出好奇心，这些气球真的能将巨大的屋子飞起来吗？如何控制方向？能飞多高、多远？会不会因为气压和气流影响掉下来？这种惊奇的举动引发出观众内心的种种疑问，观众就是带着这些疑问全神贯注地看着影片。当屋子飞向天空的那一刻，卡尔果然成功了！鸿沟裂开，第一幕高潮出现了。观众终于见识到那惊人的一刻。从而将故事发展部分的场景入口打开，带着观众去新的方向探究。紧接着一些新的问题出现，卡尔能顺利地飞到"仙境瀑布"吗？在途中他会遇到什么样的困难？观众又带着疑问兴致勃勃地看着影片的发展部分。

4.6 节拍、序列

节拍是场景中的最小结构组成部分。节拍是动作和反应中的一种行为交流。这些变化的行为通过一个又一个的节拍构筑了场景的转化。

序列是指一系列场景，一般为2～5个，其中每一个场景的冲击力呈递增趋势，直到最后达到顶峰。节拍构建场景，场景则构建故事设计中一个更大的动态单位——序列。每一个真正的场景都会改变人物生活中负荷价值的情境，但是从事件到事件，其改变的程度会有很大的区别。场景导致较小而又意义重大的变化。然而，一个序列中的结束场景则必须传达更为强劲而且具有决定意义的变化。

案例解析

在影片《龙猫》中，有一段小梅独自在院里游玩时，发现两只奇怪的动物便尾随而去，结果掉进巨树根处的洞里了。就跟滚面团似的，经过细细的树洞，她落到地下空间里。在那儿，小梅发现了那个叫龙猫的东西。依着这么一次接触，现世的孩子和异界的"居民"，开始了心、物两面的交换。这场戏围绕着9个节拍展开，4个具有明显区别的场景从小梅家的院子→树林→树洞→地下，这4个场景构建了一个完整的序列。节拍动作变化是由发现→尾随→察觉→消失→寻找→暴露→紧追→跟随→滚入→新的发现。这4个场景构成了一个完整的事件，推动了整个故事往新的事物层面上发展，从而导向最后的节拍和转折点，小梅发现大龙猫的居所，并第一次与神灵近距离的交流。

1. 节拍1

小梅在院子里发现橡果子，她一个一个地捡起然后放入袋中，然后她沿着橡果子掉落的轨迹**发现**了龙猫。

2. 节拍2

小梅**尾随**在龙猫身后，龙猫**察觉**到自己被人跟踪后突然隐身。

 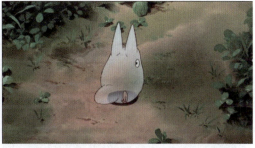

3. 节拍3

龙猫突然现身，小梅追着龙猫跑，龙猫钻进小梅家的地板下面后**消失**。

4. 节拍4

小梅俯下身，围着地板下面**寻找**龙猫的踪迹。这时出现两只龙猫，它们绕道小梅背后悄悄溜走。

5. 节拍5

龙猫悄悄溜走，可是身上背着的麻袋破了，橡果子掉在地上发出声音，行踪**暴露**。

6. 节拍6

龙猫撒腿就跑，小梅**紧追**不舍。龙猫钻到灌木丛，小梅撞到树上。

7. 节拍7

小梅发现灌木丛隧道,她沿着隧道的方向继续追赶龙猫。

8. 节拍8

龙猫消失在一棵参天大树下,小梅发现树上有个洞。

9. 节拍9

小梅顺着树洞滚了下去,来到地下,发现龙猫的隐居之处。第一次开始与异界神灵进行亲密接触。

4.7 场景设计技巧

4.7.1 确定冲突

任何人物或力量都可能驱动一个场景，即使是一个无生命物体或大自然的作为也可以。然后，深入这一人物或力量的本质，思考他们的欲望是什么。用一个目的状语来表述这一欲望，即场景目标是什么。并浏览整个场景，思考是什么力量妨碍这一欲望的实现。这些力量可能来自任何层面或多种层面的组合。在确认了对抗力量源之后，思考这些对抗力量想要什么。如果场景写得好，冲突双方是直接对立的，而不是相切。

■ 案例解析

影片《小鸡快跑》在开始部分的养鸡场中，首先是谁驱动了这一场景？母鸡金捷。她想要干什么？带着伙伴们逃离养鸡场。是什么妨碍了它们逃跑？牢笼、恶狗和养鸡场老板特维迪夫妇。他们想要它们下更多的鸡蛋，挣更多的钱。

4.7.2 确认开篇价值

确认场景中的价值，并注意在场景开始时，价值是正面的还是负面的。

■ 案例解析

母鸡金捷和伙伴们是从影片一开始就出于负面价值，它们被关押在一个叫特维迪养鸡场里。养鸡场的老板特维迪夫妇贪得无厌，一心只想着让母鸡们多下蛋，而特维迪先生则带着两条狼狗在整天监视小鸡们的一举一动。要是哪知小鸡下的蛋少了，随时就会招来灭顶之灾，会被拉走做成鸡肉馅饼。

"逃跑"是主人公身处于负面价值做出的主动行为，这一行为属于"正面价值"，影片的主题就是如何逃出养鸡场。虽然在影片开始部分每次逃跑计划都以失败告终，将正面价值转向负面价值，但是却向正面价值稍稍倾斜，因为观众和金捷都看到了一丝希望。

第4章 场景

4.7.3 将场景分为节拍

节拍是人物行为中动作和反应的一种交流。通过观察场景和人物的第一个动作,看这个人物表面上是在做什么,透过这一表面看到人物实际上是在做什么。用一个进行时短语来表述这一文本动作。然后,浏览整个场景,看这一动作引发的反应,用一进行时短语描述这一反应,这种动作和反应的交流构成了一个节拍。即使他们的交流重复多次,但还是同一个节拍。直到行为发生明显变化时,才会出现一个新的节拍。

■ 案例解析

1. 节拍1

外景　养鸡场——夜

　　特维迪先生和恶狗在养鸡场巡逻。

　　母鸡金捷四处张望。

　　特维迪先生和恶狗走过去。

　　金捷跑到铁丝网用调羹挖土逃跑成功。

73

2. 节拍2

金捷逃出来后，帮伙伴们放哨。

伙伴们在逃跑的过程中被特维迪先生和恶狗发现。

3. 节拍3

恶狗紧追金捷。

金捷走投无路。

正在这时特维迪太太出现，金捷才幸免没有被恶狗吃掉。

4. 节拍4

被特维迪太太说："不要吃掉她，我要让她为我下更多的蛋。"

特维迪先生把金捷关进了垃圾箱。

4.7.4　比较结尾和开端价值

在场景的结尾考察人物处境的价值情况，并以正面与负面的价值进行比较。如果结尾与开始相同，那么其间所发生的活动则不是事件。没有发生任何变化，因此并没有发生任何事情，导致整个场景平淡乏味。反之，如果价值发生了变化，那么场景便发生了转化。

案例解析

一个由充满希望的正面价值"逃跑"转为金捷逃跑时被恶狗发现逼得走投无路，被特维迪先生扔进垃圾箱关禁闭的负面价值。因为金捷要救她的伙伴们，而不是自己一个人一走了之不管不顾朋友们的安危，通过这一事件揭示了主人公金捷勇敢无畏的性格特征。

4.7.5 确定转折点的位置

从开篇场景的第一个节拍开始，检查描述人物动作的那些进行时短语。这种动作反应模式构成了一系列节奏很快的节拍。每一个交流都要强于上一个节拍，是人物的处境越来越接近结尾的风险价值。在结尾的一个节拍中得到转化，场景转折到已发生变化的结尾价值。此时此刻便是故事的转折点。

案例解析

监视/逃跑

逃跑/被发现

被追得走投无路/生命受到威胁

得救/被关禁闭

这种动作反应模式构成了一系列节奏很快的节拍。每一个交流都要强于上一个节拍，使他们的命运面临越来越大的风险，从而表现出人物越来越强的能力和意志力。在节拍3和节拍4之间鸿沟裂开，金捷和伙伴们逃跑彻底失败了。

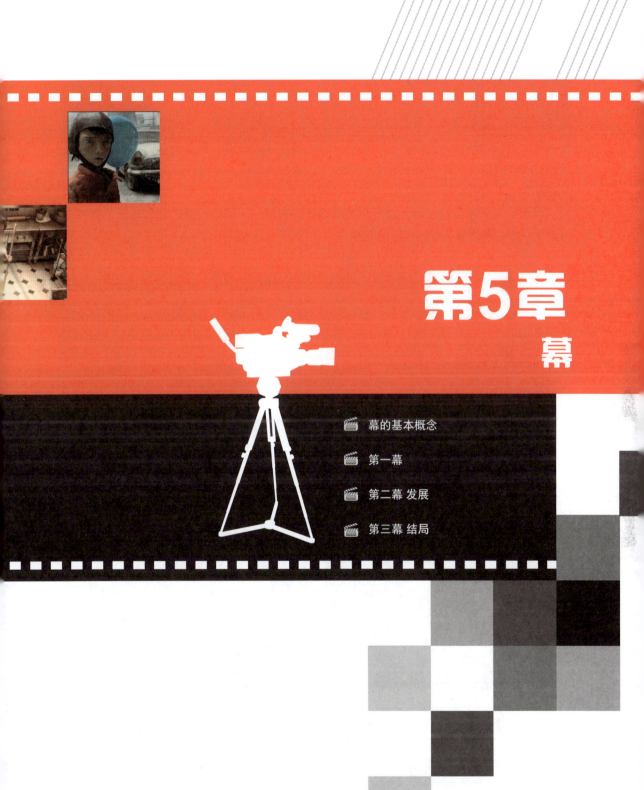

第5章
幕

- 幕的基本概念
- 第一幕
- 第二幕 发展
- 第三幕 结局

5.1 幕的基本概念

在好莱坞编剧教父罗伯特·麦基于1997年出版的《故事》一书中就提到过幕的结构概念。场景以细微但意义重大的方式而转化；一系列场景构成一个序列，以适中的、更具冲击力的方式而转化；一系列序列又构成了下一个更大的结构——幕，一个表现人物生活中负荷价值的情境中重大逆转的动态单位。一个基本场景、一个构成序列高潮的场景以及一个构成幕高潮的场景之间的区别在于其变化的程度。或者更确切地说，在于其变化对人物(对人物的内心活动、人际关系、世事时运或以上诸因素的组合)所具有的冲击力的程度，无论是变好还是变坏。

幕是一系列序列的组合，以一个高潮场景为其顶点，导致价值的重大转折，其冲击力要比所有前置的序列或场景更为强劲。

5.1.1 一幕故事

一个故事可以用一幕讲述，一系列场景构筑成几个序列，最后进展为一个重大逆转并结束故事。不过，如果是这样，影片则必须简短。这就是所谓的短篇小说或者只有5～20分钟的学生电影习作或实验电影。

案例解析

1940年的奥斯卡最佳动画短片《丑小鸭》，全片9分钟。丑小鸭刚出生就被鸭妈妈抛弃，因为它与其他鸭子长得不一样。经过几番周折，最后它遇见了白天鹅找到归宿，这才知道原来自己是一只美丽的天鹅。故事节奏是开始情况很坏，然后变好，故事结束。

5.1.2 两幕故事

一个故事可用两幕讲述，两个重大逆转之后便告结束。但是这同样要求比较简短，如情境喜剧、中篇小说或一小时戏剧。

案例解析

2008年的最佳奥斯卡动画短片《彼得与狼》，全片30分钟。第一幕主要讲述彼得和他的爷爷生活在城外的一个破房子里。爷爷不许彼得随便出去，不许到外面结了冰的湖面上玩，也不许他爬家门前的大橡树。年少充满好奇心的彼得趁着爷爷熟睡之机，偷偷地跑到外面结了冰的湖面上玩。不料遇见一匹恶狼，凭着机智和勇敢，彼得活捉了这只恶狼。第二幕，黑夜里彼得和爷爷把狼带到镇上准备卖掉，可是彼得发现人们对狼非常残暴。在金钱和道德面前，最后彼得选择将狼放回大自然，故事结束。

故事节奏是，开始彼得被狼围困，情况很坏。之后彼得将狼擒住，准备卖个好价钱，情况由坏变好。最后彼得把狼放了，情况由好变为正常。

5.1.3 三幕故事

当故事达到一定的长度时，如故事影片、一小时一集的电视剧、长篇小说，则起码需要三幕。这并不是因为人为的常规，只是为了达到故事的深层目的。

为了满足观众，为了讲出能够同时触动最最内在和最最外在的生活之源的故事，两个重大逆转是远远不够的。无论故事讲述的背景或规模如何，无论是国际题材和史诗题材，还是家庭题材和个人题材，叙事艺术中任何长篇作品至少需要3个重大逆转才能够达到故事主线的终点。一般而言，一个三幕故事要求4个重大场景，故事开篇的激励事件以及第一幕、第二幕进展和第三幕高潮。

案例解析

影片《狮子王》。第一幕，王子辛巴。辛巴的爸爸带着它去巡视它们的王国，木法沙告诉小辛巴这一切都将是它的。然后，它还说了本片的主题："做国王不能单凭勇气。"辛巴少不更事，还有点过度自信，它很迫切地想知道一切。辛巴找到了它的好

朋友娜娜，娜娜是只母狮子。辛巴带着它一起来到禁地，它们碰到了鬣狗，鬣狗正准备将这两只小狮子当作午餐，这时木法沙出现了，它救了两只幼仔。木法沙为辛巴的行为感到很生气，这也为辛巴的错误行为导致木法沙的死埋下了伏笔。刀疤和鬣狗早就策划好了一个阴谋，它将辛巴带到一个干燥的河床里，让它等待一个惊喜。

　　第二幕，辛巴从王子到流浪儿到普通人。突然，山谷里传来大批角马奔跑的巨大声响。辛巴身陷在角马的队伍里，随时有生命危险。木法沙得知消息后，奋不顾身去救儿子。在一幕惊心动魄的景象中，木法沙双脚抓在峭壁的岩石上，下面是奔跑的角马，它请求刀疤的帮助，但刀疤将它扔下了悬崖。角马狂奔而去之后，辛巴找到了爸爸的尸体。

刀疤来到辛巴身边，它说是辛巴害死了自己的爸爸。在恐惧之中，辛巴逃跑了，刀疤派鬣狗去追杀它，辛巴侥幸逃脱，刀疤以为鬣狗完成了任务。

　　辛巴逃到荒漠昏厥过去，险些成为秃鹫的美食，鹏鹏和丁满救了它，3个人成了好朋友。辛巴远离了狮子原本的生活，和它们过着普通百姓过的悠闲生活。整天唱着"哈库呐玛塔塔"，来自东非的斯瓦西里语，意思是"不必担忧"。这首快乐的曲子伴随着辛巴和它的好友度过了欢乐的时光，让它暂时忘记了作为木法沙的儿子应该承担的责任。

对于辛巴来说，它需要了解普通人的生活，但这一切只是暂时的。

　　辛巴一天天地长大，直到遇见孩提时的伙伴娜娜。两人尽情嬉戏，它们在一起玩耍，互诉衷肠，坠入爱河。娜娜让辛巴回去，辛巴不愿回去，它逃避自己的责任，在争吵过后，它们俩分开了。选择和新的朋友在一起还是和老朋友在一起？辛巴内心挣扎着。辛巴会去继承它父亲留下来的王位吗？直到辛巴遇见了神秘的老狒狒拉菲奇。拉菲奇曾参加辛巴的出生典礼，它是一位占卜者，还是辛巴忠实的引路人。拉菲奇告诉辛巴它的父亲仍然活着："它活在你的身体里。"辛巴思考是否下定决心回到荣誉谷，面对过去发生的一切。

　　第三幕，辛巴变成了国王。在拉菲奇、娜娜、丁满和鹏鹏的支持下，辛巴终于下定了决心，它说："我要回去。"辛巴回到荣誉谷，发现曾经郁郁葱葱的家园已经变成一块干枯的荒地。辛巴向刀疤发出挑战，在激烈的战斗中，最终辛巴杀死了刀疤，继承父位，它重新站在荣誉石上，朝天发出了一次深沉的狮吼。时间流逝，在辛巴的治理下，荣誉谷又恢复了以前的景象。辛巴和娜娜现在是国王和王后，站在荣誉石上，旁边是它的朋友们，它们也有了自己的孩子。生命轮回翻开了新的一章。整个故事至少经历了4个重大场景，从狮子王国→贫瘠之地→美丽绿洲→新狮子王国。

　　假设是这样的故事节奏，辛巴是流浪儿，然后变成国王，故事结束，情况很坏，然后变好；或者，辛巴是国王，然后变成流浪儿，故事结束，情况很好，然后变坏；或者，辛巴从普通人变成流浪儿，故事结束，情况一般，然后变坏；或者，辛巴从普通人变成国王，故事结束，情况一般，然后变好。在以上4种情况中，总是感觉缺少点什么。第二个事件，无论是正面还是负面，都既不是终点也不是极限。即使故事结局把所有人都杀光，情况很好或很坏，然后所有角色都死光，故事结束，那还是不够。它们都死了，然后呢？观众煞费猜测。第三个转折缺失，而且故事人物尚未触及极限，至少需要再有一个重大逆转发生。因此，三幕式故事节奏是故事艺术的基础，三幕设计是一部常规电影最起码的要求。

5.2　第一幕

　　第一幕是一个戏剧性的行为单元，通常耗费整个讲述过程25%的时间，在一部长度为110分钟的影片中，并且被一个称为建立的情境脉络所紧密结合。它必须确立主要人物，戏剧性前提和戏剧性情境。第一幕高潮发生于25分钟左右，一直发展到第一幕的结尾处的情节点。

第一幕的长度大约在25分钟，并由被称为建置的戏剧性脉络紧密相连。第一幕是建置故事，介绍主要人物，确立他们之间的相互关系，设置戏剧性前提，也就是这个故事是关于什么的。第一幕要将主要人物、对白、地点、场景、段落做适当的安排。通过第一幕这个戏剧性行为单元中的所有这些元素建置了故事中的人物、情境、戏剧性前提，所有这些都涉及关系到创建的故事和人物。正是通过戏剧性行为单元，从开场带领到第一幕结尾处的情节点。这既是一个整体也是一个部分，所以必须谨慎地对它进行设计构思。

5.2.1 前10分钟

电影编剧的责任就是在前10分钟之内将剧本故事建立起来，从而能使故事的基本信息得以确立。这前10分钟的设计需要技巧、耐心和想象力。在影片开始的前10分钟内，要将观众的注意力完全吸引住。如果故事开始就没有吸引住观众，那么这部影片就是一个失败的开头。因此必须确定以下3个基本要素。

第一个要素，故事的内容是关于什么人的，也就是主要人物是谁？
第二个要素，戏剧性前提是什么，故事的内容是关于什么？
第三个要素，戏剧性情境是什么，发生行为动作的周围环境是什么？

5.2.2 推动

推动可以是任何偶然事件、插曲或事情。为了生活，所有人都会遇到那种时刻。改变生命历程的事件通常以坏消息的方式出现。它是好消息的对立面，然而在冒险结束之前，它把主人公引向快乐的东西，朝另一个方向发展。通常这里会发生变化，沿着故事线要么是向前要么是往后移动。

5.2.3 争执

争执出现在推动事件之后，争执部分只是一场争执而已。这是主人公最后一次机会说："这太疯狂了。"我们需要让他知道这一点。我该去吗？我敢去吗？这肯定是有危险的，但是主人公会作何选择？原地待着不动吗？当主人公回答了争执的问题，他就可以前进了。

■ 案例解析

影片《美食总动员》是2007年一部由皮克斯动画制作室制作、迪士尼出版发行的动画电影。该片由布拉德·伯德执导。《美食总动员》是皮克斯动画工作室被迪士尼收购后出品的第一部动画电影,由于皮克斯动画工作室的强大号召力,到2007年10月末北美的票房已经超过2亿美元,全球票房超过5亿美元。

《美食总动员》第一幕的结构图表

①开场。故事发生的地点和两种对立的观点出现	②第一幕铺垫。小米出场,确定主要人物,及其性格特征	③第一次戏剧性需求主人公所采取的行动	④对抗力量出现,阻挡了其欲望的实现	⑤粉碎了主人公欲望的实现,推向新的场景	⑥与食神争执,小米在被动情境下所采取的第二次行动	⑦推动。激励事件出现,第二主人公小林出现	⑧第二次争执。在食神的激励下,小米又做出行动

1. 开场

影片是以电视新闻播放的内容作为开场,内容是:虽然全世界每个国家都在争论这个事实,但是我们法国人知道真相,全世界最好的料理出自法国,法国最好的料理出自巴黎,巴黎最好的料理有些人说是出自食神古斯多。食神餐厅是巴黎著名的餐厅,必须5个月前定位,食神荣登料理界之冠的过程令对手嫉妒,他是获得五星级荣耀最年轻的厨师,食神的烹饪书《料理非难事》成为畅销书排行榜第一名,但不是每个人都乐见他的成功。巴黎最权威的美食评论家柯博先生在采访中说:"有趣的书名《料理非难事》,更有趣的是食神居然轻易地下了注解,我认为料理是严肃的事情,所以我不认为人人都会料理。"

开场只有短短不到一分钟的时间，可内容的信息量不是一般的大。首先从第一句话可以知道，这是一个关于美食题材的电影，故事发生在法国食神古斯多的餐厅。从上面的内容还可以发现两种对立的观点，第一种是食神古斯多的个人观点"料理非难事"。第二种观点是巴黎最权威的美食评论家柯博先生却否定了食神的观点，他认为料理是件严肃的事情，所以他不认为人人都会料理。

2. 主人公出场

引子过后影片正式开始，主人公小米出现，影片以主人公是以自演自说的方式展开故事，这样处理是为了给观众提供一个更亲近的叙事环境，但并不是所有的故事结构都适合用此方法。下面是开场对白的内容。

小米说："这，是我，我显然需要重新思考一下我的生活。我的问题是什么呢？首先我是老鼠，这表示生活不容易啊。第二我有非常发达的味觉和嗅觉，面粉、蛋、糖、香草豆，哦，一小片柠檬。"

大米说："哦呜！这些你都闻得出来？你有天赋唉！"

小米说："它是大米，我哥哥，很会大惊小怪的。"

小米爸爸说："好吧，你闻得出食材，那又怎样？"

小米说："它是我爸，它一向见怪不怪。刚好，它也是我们族群的领袖呢。有非常发达的感官有什么不对吗？唉！喂喂！你别吃那个！"小米说着夺走了爸爸手里的烂苹果核。

小米爸爸说："我，我怎么了我？"

小米说："原来那奇怪的气味是老鼠药唉！突然间，我爸不再认为我的天赋没有用喽，有这样的天赋我觉得挺不错的，直到我爸派给我一个工作——安全、安全、安全！没错！毒药检查员！这让我爸感到骄傲呢！"

小米爸爸说："小米，你是不是觉得光荣呢？你对我们有伟大的贡献。"

小米说："伟大？我们是小偷唉，爸！而且我们偷的是，嘿嘿，老实说吧，乐色！"

小米爸爸说："没有人要的东西就不算偷。"

小米说："既然没人要我们为什么还要去偷呢！就说我们意见不同好了。"

小米爸爸说："我们能不能不要为这个再争吵了。"

小米说："至少我知道一点如果吃可以影响身心，那么我只想吃好的！可是对我爸来说啊。"

小米爸爸说："食物是燃料，你对油箱里的燃料都这么挑剔的话引擎会挂掉，好了闭嘴！吃你的乐色。"

小米说："既然我们要当小偷为什么不偷厨房里的好东西呢，那些没有毒的食物啊。"

小米爸爸说："第一点我们不是什么小偷，第二点别靠近厨房也别靠近人类，会有危险。"

小米说："我知道我该痛恨人类，可是他们有某种能耐唉。他们与众不同，他们会发明会创造，你看他们怎样烹调食物就知道了。"

食神说："我该怎么形容呢？美食就像吃得到的音乐，闻得到的颜色，你随时随地都可以接触到的，只要你停下脚步细细品尝。"

通过对白可以知道影片的主要人物以及次要人物的基本性格特征，显然主人公小米是一只不一般的老鼠，它要重新思考一下自己的生活方式，它与其他族人有着对生活截然不同的态度和观点，它要过和人一样的生活，它要吃好的食物，要创造美食。而小米爸爸只知道填饱肚子，用垃圾制造"引擎燃料"。

3. 第一次行动

当小米和大米进入老太太家寻找调料"雅桂兰番红花"时，它看见电视机上正在播放关于食神的内容，由于顶级美食评论家认为食神的菜并不好吃而将他的餐馆降成了四星级，食神由于打击太大而死亡。致使他的餐馆降成了三星级，小米十分惊讶，这时，老太太突然醒了，她用枪射击小米和大米，竟致使天花板掉了下来，而小米族群的窝就在房顶，所有的老鼠连忙划船逃走，而小米因为要拿烹饪书而被落在了后面，最终和族群失散。

主人公小米的第一个行为是入老太太家寻找调料"雅桂兰番红花"，这一行动已经激发了对抗力量，阻挡了其欲望的实现，粉碎了它对实现这一愿望的幻想，使它与外界处于一种更大的冲突之中，并把它推向了更大的风险。

在故事10分钟左右的时候告诉我们几个关键要素：

（1）故事是关于什么人的？主人公是谁？故事的主人公叫小米，它是一只老鼠。在味觉和嗅觉方面有着无与伦比的天赋。它可以轻松准确地辨认食物是有毒还是没有毒，是新鲜的还是不新鲜的。

(2) 戏剧性前提是什么？故事的内容是关于什么的？小米不想和其他老鼠一样为了活着每天忙于填饱肚子吃不新鲜的垃圾食品，或每天惶恐度日地躲避人类带来的威胁。它要找新鲜的食物，更准确地说它要创造美食。

(3) 戏剧性情境是什么？发生行动的周围环境是什么？小米的族群生活在一个郊区小屋的屋顶上，屋子的主人是一个老太太。于是小米经常偷偷地溜进老太婆家里看食神食谱和电视里的食神节目，并按照书上写的食谱烹饪美食。

4. 争执

第一幕的情节点发生在14分钟时，小米与族群失散，落入下水道后，它情绪无比失落。小米翻开食神食谱，看到书上的蛋糕图片，饥饿顿时涌入整个身体。正在这时书上的食神画像突然活了，下面是食神激励小米的一段对话。

食神说："如果你饿了就上去看一看啊，小米。为什么要闷闷不乐地等？"

小米说："因为，我刚失去了家人。所有的朋友，可能再也见不到了。"

食神说："呃，你怎么知道？"

小米说："因为我，你只是个幻象，我为什么跟你说话呢？"

食神说："因为你刚失去了家人，所有的朋友，你很孤单。"

小米不屑一顾地说："恩，对，可你死了。"

食神说："啊，信心坚定就能克服一切！如果你只想着过去就永远不会有美丽的未来。快上去好好地看看！"

食神的这番话激励了小米，小米决定上去看看。它顺着下水道的管道向上爬，经过酒店内，最后顺着烟道爬到了屋顶。它看见了巴黎！原来自己被冲到了巴黎城市的下水道里。它向左望去原来食神将它带到了向往已久的食神餐厅。第一幕高潮出现，这是第一幕中主人公做出的第二个行动，这个行动是在它刚开始不愿意去做的情况下采取的行动。这是一个立足于它对外界的新的期望的行动。第二次行动产生的结果是主人公和观众意想不到的，从而引发出主人公真正的人生目标。

5. 契机

第二主人公小林出场,这天晚上小米和小林同时来到了食神餐厅。接下来会发生什么事呢?他们会走到一起吗?他们会发生冲突吗?观众会带着种种疑问继续往下看,新人物和新场景的出现,都是用来帮助推动故事发展的。小林在做卫生时不慎打翻汤锅,为了挽救过失,情急之下他往汤里面乱放调料。这一举动为小米完成它的"美食梦"创造了一个有力的契机。

6. 第二次争执

小米冒着生命危险来到食神餐厅,它开始在锅里面放了一些调料之后迟疑了一下,该不该继续?这时食神突然出现在小米身后,吓到了小米。经过短暂的第二次争执后,又开始了行动,这是影片节奏上的一种考虑。这种节奏的处理是为了使前后一系列紧张连续的行动有所缓冲,符合观众观看的停歇节奏和主人公的思考时间。下面是争执的对白。

　　食神说:"小米,你在等什么?"
　　小米说:"你常常这样来无影去无踪吗?"
　　食神说:"你知道怎么挽救,这是你的机会!"

5.3 第二幕 发展

　　故事通过精确界定主要人物的戏剧性需求来进入第二幕。如果故事中人物的需求发生了变化，它应该发生在第一幕中的情节点。如果确定了主要人物的戏剧性需求，那么在第二幕中可以设计阻止这个人物需求的各种障碍，接下来故事中的人物就会为持续不断地克服一个接一个的障碍来成就他们的戏剧性需求。这种矛盾冲突推动了第二幕故事向前发展，它就成了点燃故事驱动引擎的关键。

　　第二幕是故事中最长的一幕，假设一部影片全长110分钟，第一幕的长度是25分钟左右，第三幕的长度是20分钟左右，这一节奏创造出了一个至少长达65分钟左右的第二幕。一个在其他各个方面都讲得不错的故事如果会陷入泥潭的话，问题肯定会出现在这个地方。因此作家必须要小心翼翼地趟过这一长长的第二幕泥潭。解决办法有两种，第一种是通过增加次情节，第二种是通过增加幕。

　　在电影剧本的进程中主要人物想要获取、得到或成就的是什么？可以阻止这个需求而制造各种障碍，而这样一来故事就成为人物持续不断地克服一个接一个的障碍来成就他或她的戏剧性需求。

5.3.1　衔接点

　　任何剧本中都有暗地里延伸的地方。通常都在"大转折"之后，如第一幕衔接点，还有第二幕结尾这种动作逐渐消失的地方。这是利用第二主人公或一些次要角色帮助故事过渡这些地方的时候，在某个事件刚进入第二幕之后或从第二幕进入到第三幕之前，这些人物或场景的出现都可以帮助故事度过，节奏缓慢下来。

5.3.2　第二故事

　　第二故事一般开始于影片30分钟左右。多数剧本中的第二故事是"爱情故事"。同时第二故事也是承载电影主题的故事。第二故事的出现有助于推动影片主题故事，使第一幕与第二幕之间的衔接更为顺畅。第二故事给了观众喘口气的时间，在一部影片中必须要设计第二故事，第二故事不仅提供了爱情故事及公开展示电影主题的地方，而且给了编剧至关重要的第一幕故事主题的"切换镜头"。

5.3.3　娱乐游戏

　　娱乐游戏部分是剧本中提供大前提约定的部分。这是电影海报中的核心本质部分，是电影预告片中的主要镜头来源。对于编剧来说这是影片的心脏，观众为什么来看这部电影？电影创意怎么样？酷不酷？当制片人要求"多点精彩片段"时，就会拿给他娱乐游戏部分让他看。

5.3.4 中间点

中间点发生在第二幕的中间点55分钟左右，并且将第二幕拆分成为两个戏剧性行为单元，即第二幕的前半部分和第二幕的后半部分。中间点的事件是一个情节点，而更为重要的是，它在第二幕里的作用是作为戏剧性行为链中的一个链接环，并将第二幕分解成两个区别显著的戏剧性行为单元。中间点不仅能够推动情节向前发展，同时还能够将第二幕拆分成两个相对独立的戏剧性行为单元。

在早期剧本节拍设计阶段，通过上千部影片的研究发现，电影的中点要么是主人公表面上达到最高的"顶峰"，但可能是伪胜利；要么是主人公周边世界塌陷的"低谷"，有可能是伪失败。但中点的意义并不只是在于承载"顶峰"或"低谷"。中点是娱乐游戏部分结束的地方，从这个地方开始又回到故事。如果剧本中有"伪胜利"的话，这就是主人公如愿以偿获得"魔力"的地方，他或许会得到一切、心想事成。但这只是个伪胜利，因为在他吸取必需的教训之前还有段路程要走，"一切完美"只是表面上的。

这个常用术语也被称为"定时闹钟"或"中点冲撞"，意味着张力程度的提升。在中点处，突然间一件更大、比以往更出乎意料的、不可逾越的事件成了主人公的难题，给主人公带来新的挑战，并引导他获得最终的胜利。

5.3.5 一无所有

在一个优秀的剧本中，"一无所有"发生在第75分钟左右。这时的"顶峰"与"低谷"是相对的。这也是很多具有"伪失败"剧本中的重点，因为虽然看起来一切都是黑暗的，但只是暂时的。表面上看起来，主人公必须像是彻底失败，他生活中各个方面都已经一团糟了，伤痕累累，没有希望。

在"一无所有"时，努力创造一个跟死亡相关的事物。或者是故事中的事物，或者只是符号性的事物，只要暗示某事物消亡即可。其原因是"一无所有"这个节拍是主人公面临十字路口的时候，这是旧世界、旧人物、老旧思维方式消亡的时候。第二幕与第三幕相反，第三幕是新世界、新生活。用这件事或这个人"彻底完了"这样的节拍设计更能打动人心。

5.3.6 黎明前的黑夜

主人公刚刚经历过"一无所有"的失落感和内心深处的恐惧感，一定要在剧本中找到这种"黎明前的黑夜"部分。这是主人公还没有找到正确方法的时候，还处于深渊，这个阶段之后就会想出拯救自身及周围所有人的主意。但是在"黎明前的黑夜"中还看不见希望，也许是几秒钟，也许是几分钟，但确实存在。

案例解析

《美食总动员》第二幕的结构图表

①衔接点，小米在食神餐厅成功地完成了一锅汤	②第二故事，小米答应帮助小林，开始师徒二人的合作关系	③激励事件，史老板找茬，让小林重现那天晚上做的汤	④娱乐游戏，小米和小林一起开始配合练习做饭	⑤伏笔，史老板担心小林是食神餐厅的继承人	⑥娱乐游戏，乐乐教小林做饭的方法	⑦中间点，伪胜利。小米和小林成功地完成了一道美食
⑧小米决定要改变天性，不怕困难地继续走下去	⑨吻戏，小林在小米的帮助下与乐乐从朋友变成情人	⑩坏蛋逼近，史老板得知小林是餐厅继承人，柯博得知食神餐厅复苏，小米与小林发生摩擦	⑪阶段性胜利，在小米的帮助下小林继承食神餐厅，史老板被众人拒之门外	⑫矛盾冲突出现，小米为伙伴们偷厨房里的食物，被小林发现。小林与小米决裂	⑬一无所有陷入困境，小米被史老板抓走关进笼子，小林做不出柯博要的"美食新概念"	⑭黎明前的黑夜，厨房里的人都走了，只剩下小米和小林

1. 第二幕　衔接点

这是小米第一次在食神餐厅做了它平生第一锅汤，而且得到了美食评论家傅美美的赞赏，而史老板和厨师们却认为这锅汤是出自小林之手，刚来到餐厅做卫生的小林却突然间变成了一个大厨师。这是故事一个有力的转折点，它为后面的事件提供了一个有效的动力。

2. 第二故事

小米在厨房被史老板发现，小林救了小米一命。小林发现小米会做饭还能听懂他说话，小米答应帮助小林。这时影片的速度放缓了下来，这就是影片的节奏。第二故事常常会有影片的第二主人公出现，一般在剧本前10分钟内都找不到第二故事中的角色。但是往往第二幕中的角色要和第一幕中的角色形成对照，也就是该片中主人公所接触到的第一个人类是第一幕中的老太婆，她与小米是对立的，而第二幕出现的第一个人是小林，小林此时此刻需要小米的帮助，他也帮助了小米脱身，而小米也借用小林的这一小块风水宝地来完成自己创造美食的梦想，二人从此找到了契合点。在第二故事中还出现了乐乐与小林的爱情故事，一般来讲影片中的第二故事或多或少都有描写爱情故事的成分。第二故事也是用来为第三幕及最终的胜利做准备用的。

3. 娱乐游戏

在一次偶然中发现小米可以用头发控制小林做出各种动作。于是二人开始了紧张的训练。经过一晚上的训练，小米可以熟练地用头发控制小林做出各种菜肴，并且在乐乐的帮助下，小米和小林学到了厨房的一些规范要领。这是影片的核心创意部分，是影片的神来之笔，小米用头发来控制小林的肢体，从而找到了契合点。当我们看到这里的时候，要特别记住"创意永远没有瓶颈"！

4. 中间点

中间点发生在娱乐游戏之后，小米帮助小林完成史老板出的难题——制作食神招牌羊胸腺，得到顾客的认可并大卖。这时主人公表面上达到了最高峰，一切看似获得了巨大的成功，但这不是真正的胜利，这叫作"伪胜利"。

5. 真正的选择

中间点之后节奏放慢,史老板继续刁难小林。而小米找到了失散的族群,小米爸爸带着小米来到捕鼠店门口,对小米发出忠告:"我们生活的世界属于敌人,我们必须小心的生活,照顾自己的族群。小米,最后我们能够依靠的还是自己。事实就是这样,你不可能改变天性。"小米为了自己的梦想下定决心改变天性,它放弃了族群生活,不怕困难地走下去。后面将要发生一连串的对抗力量,这一对抗力量阻止了主人公戏剧性需求的前进。主人公小米将要经历一个崭新的人生重大挑战。所有最坏的负面事件接踵而来,将它推向一个最坏最深的处境。

6. 吻戏

似乎大多数电影里都离不开爱情这一命题,《美食总动员》也不例外。早晨还没睡醒的小林与乐乐在厨房发生误会,小林向乐乐解释不清,当他情急之下要说出小米藏在自己帽子里的真相时,小米灵机一动用力拉紧小林的头发,小林正好倒向乐乐,这是二人第一次的切肤之爱。这还要归功于小米奇迹般的创造力,从此小林与乐乐由朋友变成了恋人。

7. 坏蛋逼近

这3个事件都是坏事，是为了给后面第二幕高潮处理下定时炸弹，它们将逐个引爆。表面看上去一切还好，坏人坏事暂时被打退，这里是让坏事决定重新整编并带上重型武器的时机。这是设计产生分歧、嫉妒、质疑开始瓦解主人公队伍的时机，导致主人公陷入谷底。

（1）美食评论家柯博得知食神餐厅东山再起很受欢迎后表示震惊，并打算在近日内造访食神餐厅。

（2）史老板通过让律师为小林做DNA检查，得知小林是食神古斯多的私生子，也就是餐馆的继承人的真相后，他无法接受这残酷的现实，史老板大怒。

（3）小林与乐乐的感情得到更进一步升级，小林见色忘义不能专心按照小米的指导做菜，他与小米之间产生了小摩擦。

8. 矛盾冲突爆发

小米带族群来到食神餐厅的仓库偷东西吃，小林正好出现，他正在向小米解释之间的误解并承认自己的错误："食神餐厅不能没有小米"时。因大米的贪吃行为导致全盘暴露，小林发现小米带着族群来到仓库偷吃东西，小林大怒，与小米决裂。

9. 一无所有

小米离开小林后，不慎落入史老板设下的陷阱中，它被史老板关在汽车行李箱里。这时来了一个噩耗，柯博来了！小林因小米不在身边做不出美食而束手无策。这种设计叫作"伪失败"，和第二幕中间点"伪胜利"的设计是完全相对立的。看起来一切都进入了黑暗，但这只是暂时的。表面上看起来，主人公必须像是彻底失败并且没有希望。

10. 黎明前的黑夜

小米被史老板关在汽车行李箱里，小林因小米不在而身陷困境。小米被伙伴救出回到餐厅，可是当小林说出真相时，厨房里的人都走了，只剩下小米和小林。只有当主人公承认自己的卑微和人性并听天由命时才能找到解决方案。主人公必须被打败，然后承认自己的失败，然后才能吸取教训，"黎明前的黑夜"就是这种时机。在第三幕的衔接点，当主角想到或遇到解决方案时，我们将看到他意识到自己的问题。

5.3.7 假结尾

在某些影片中，还会在倒数第二幕高潮处或在最后一幕的进展过程中创造出一个假结尾，一个看似已经完成，以至于观众一时认为故事已经结束的场景。不过对于大多数影片而言，假结尾都是不适宜的。相反，倒数第二幕高潮应该强化戏剧问题："此时此刻，还会发生什么？"

案例解析

在影片《飞屋环游记》中第二幕结尾处，卡尔在小男孩罗素的帮助下终于将屋子带到南美洲的"仙境瀑布"旁,完成了他与妻子艾丽的共同梦想。从影片格局来看,已经完成了主人公的戏剧性需求,观众以为影片已经结束。可是卡尔脸上并没有流露出一丝喜悦,显然这是他内心矛盾冲突的时刻,小男孩罗素也离他而去。最后,卡尔决定与罗素一起去救那只爱吃巧克力的大鸟,故事新的戏剧性需求出现在第三幕的开始,这时离影片结束只有20分钟左右。

5.4 第三幕 结局

最后一幕必须是最短的一幕,这是影片结束的地方,这是人物形象定型的地方,这是故事胜利的地方,这是有主人公实现颠覆旧世界和创建新世界的地方,一般不超过20分钟。在一个理想的最后一幕中,要给观众一种加速感,一个急剧上升的动作,直逼高潮。结局的意思就是"寻求一种解答,解释清或者澄清,分解成为独立的元素或部分"。主角只是单纯的胜利是不够的,他必须改变世界。结局应该恰如其分,必须以让观众情绪上得到满足的方式完成。

5.4.1 闭合式结局

一个表达绝对而不可逆转变化的故事高潮回答了故事讲述过程中所提出的所有问题并满足了观众的所有情感,则被称为闭合式结局。

故事提出的所有问题都得到了解答,激发的所有情感都得到了满足。观众带着一种完美的体验,毫无疑虑,充分满足地离开。

案例解析

《美食总动员》第三幕的结构图表

①解决困境，小米和小林得到族群和乐乐的帮助	②小米带领族群分工行动，它们绑架了前来检查的卫生检查员	③史老板闯进厨房，同检查员一起被关进了仓库	④小米最后决定为柯博先生做杂菜煲	⑤结局，柯博彻底被小米的杂菜煲震撼了，并得知厨房幕后真相	⑥淡出、首尾呼应。观点和态度都得到了重大的转变

1. 第三幕 衔接点（解决方案）

餐厅厨房里面只剩下小米和小林，其余的人都走了，他们只好沮丧地面对失败。可就在他们束手无策时，乐乐在离开食神餐厅的途中看到食神的书，回想起古斯多说的"料理非难事"时醒悟，决定回到餐厅帮助小林和小米渡过难关。同时小米的爸爸带领族群出现在食神餐厅厨房帮助小米。

2. 结尾高潮

结尾要逐渐由小到大处理掉所有的坏蛋，首先是卫生检查员，其次是史老板，最后是整个巴黎最权威的美食评论家柯博先生。主人公小米证明了食神古斯多的观点——"料理非难事"。一只老鼠成了食神餐厅的主厨，并得到了柯博的认可。

3. 淡出、呼应

柯博得知真相后一语不发地离开食神餐厅，转天他的评论出来了。

柯博说："就很多方面来说评论家的工作很轻松，我们冒的风险小却位高权重，人们必须奉上自己和作品供我们评论。我们以负面评论见称，因为读写皆饶富趣味。可是我们评论家必须面对一个难看的事实，以价值而言被评论家评为平庸之物的同时，我们的评论也许比他更为平庸。可是有时候评论家真的要冒险去发现，并且捍卫新的事物。这个世界对待新秀非常苛刻，新的创作、新人及新的作品需要朋友，昨晚我有个全新的新颜。奇妙的一餐来自让人意想不到的出处，如果说那一餐和它的创造者挑战了我对精致美食先入为主的观念，这仍只是轻描淡写的说法。他们彻底震撼了我，过去我公开对食神古斯多的著名格言'料理非难事'表示不屑，但是我发觉现在我才真正了解他的意思。并非任何人都能成为伟大的艺术家,但是伟大的艺术家可能来自任何地方。现今在食神餐厅掌厨的天才,出身之低微令人难以想象,以在下的看法它是法国最好的厨师。我很快会再光顾食神餐厅,满足我的口腹之欲。"

影片结尾处与开始部分中的引子形成了呼应,呼应在影片中常常用来解释前面铺垫的内容。引子部分提出了两种截然不同的观点,一种是食神古斯多说的"料理非难事";而另一种是柯博对前者观点的否定,并不是任何人都会料理。在第三幕高潮结束后,以柯博的内心独白方式呈现,理解并认同了食神的观点"料理非难事",柯博的态度发生了一个重大的转变后全片结束。观众得到了一个充分满足的闭合式结局。

5.4.2 开放式结局

一个故事高潮留下一两个未解答的问题和一些没有满足的情感,则被称为开放式结局。

故事在讲述过程中提出的大多数问题都得到了答案,但还有一两个没有回答的问题会延伸到影片之外,让观众在看完电影之后去补充。影片激发出的大多数情感将会得到满足,但还有一些情感的问号作为结局,但"开放"并不等于电影半途而废,使所有东西都悬而不决。问题必须是可以解答的,情感必须是可以解决的。前面所讲述的一切必须导向明确而有限的选择,这些选择使得某种程度的闭合成为可能。

案例解析

由法国Gobelins动画学院的学生制作的动画短片《章鱼情侣》,获得2009年第81届奥斯卡最佳动画短片提名。该片讲述的是被养在鱼缸里的两只章鱼情侣,正在它们拥抱的时候,粉色章鱼突然被渔夫抓走放进保温箱,并装车准备运到集市上,然后杀死卖掉。橙色章鱼经过努力最终救出粉色章鱼。在影片结尾处,正当它们在高压线上准备庆祝的时候,飞来一只海鸥又将橙色章鱼抓走,粉色章鱼又开始去解救橙色章鱼。这种结尾的设计属于开放式结局,当观众的情感得到满足的时候,开放并不等于半途而废。有时候开放式结局运用得恰当更能使影片的幽默味道油然而生。

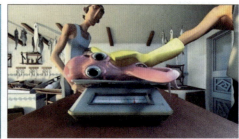

第6章 写作

- 作家的工作
- 剧本格式
- 写作技巧
- 宫崎峻先生的作品解析

6.1 作家的工作

一个作家一天的工作节律是什么？首先，要进入想象中的世界。当开始写作时，人物会自然地说话动作。接下来，走出幻想，把写下的东西从头至尾读一遍。在读的过程中要分析这样写好不好？观众会不会喜欢？为什么会喜欢？是否应该把它删掉或补充？是否要重新进行整理？一边写，一边读；创作，批评；冲动，逻辑；右脑，左脑；重新想象，重新改写。作家对手艺的掌握会直接影响改写的质量和达到完美目标的可能性，因为是这种手艺引导我们去改正不足。艺术家绝不能听凭一时冲动的奇思怪想摆布，应该孜孜不倦地苦练写作这门手艺以达到直觉和思想的和谐。

一个作家如果没有掌握这门手艺，他最多只能做到抓住从他头脑中蹦出的第一个想法，然后不知所措地面对着自己的作品发呆，无从回答这些可怕的问题：这到底好不好？难道全是垃圾？如果真是垃圾，该怎么办？有意识的头脑一旦固执于这些可怕的问题，则会阻塞潜意识的流畅。但是当有意识的头脑作用于施展手艺的客观任务时，其意识便自然地流出。对手艺的精通可以释放潜意识。

作家通过观察生活获取素材，当他们感到创造力枯竭时，他们会在这些素材中寻找想法，以激活他们的想象力。但是将生活照搬到稿纸上却是一个错误，现实生活中很少有人能像电影中的人物那样明确入微。一个作家会用他妹妹的善于分析的头脑，拼接到一个朋友的幽默智慧上，加上猫的狡诈和残忍以及李尔王的盲目执着。我们借用人性的边角碎片、想象的原材料以及我们平日的观察所得，把他们装配成矛盾连贯一致的整体，然后打磨成我们称为人物的生物。

如果我们已经有一份工作——打杂的工作、临时的工作或真正的工作。不管工作几个小时，只要能够快乐地做这份工作，我们仍然可以写作。这就是内心电影之道，不管我们从事什么样的工作，都不会成为阻挠我们写作的障碍。只要安排筹划好，以便节省更多的精力在下班之后能够继续写作就可以了。

6.2 剧本格式

在过去的一个世纪里，随着用于电影化叙事的视听语言的发展，剧本格式也随之发生了演变。任何电影工业中的专业人员，都必须熟知剧本格式。在中国至今还没有一个规范性的统一写作格式，优秀的格式是整洁、清楚和简单的。下面给大家推荐一种写作的格式作为日后编写剧本的参考。

6.2.1 字体和行间距

通常在正式剧本写作时都是使用微软Word软件来进行编写。首先要先设置好字体，

一般我们选用宋体5号字，A4纸的规格。通常行与行之间的间距设置为单倍行距，我们可以通过单击鼠标右键，在弹出的快捷菜单中选择段落和字体来进行以上设置。之所以这样设置是因为这样的一页内容正好相当于银幕上的1分钟的剧情，一个120页的剧本包含的一页剧情容量差不多就可以满足电影工业中理想的2小时影片的需要。虽然我们有各种字体可以选择，但是我们不能在文稿的高度和宽度上做太多变化，因为当字号不同时一页纸上能容纳的内容多少也将不同。

6.2.2 片名标题页设置

标题是用来标记剧本名字的，所以它必须显得正确而整洁。标题使用3号字体，加上书名号《 》，然后居中放置。在标题的右下角用4号字单倍行间距写下自己的名字、住址、电话和电子邮箱。之后在其他任何地方就不要再出现名字和联系方式等信息了。

案例解析

《美食总动员》

姓名：
住址：
电话：
电子邮箱：

6.2.3 场景的写作

一个故事由3幕组成，有的甚至更多。而每一幕由若干个场景组成，场景里面包括人物动作、对白、事件发生的时间情境等要素。所以场景作为我们写作的一个基本单位，如同我们绘制出来的分镜头表，每一场戏和每一个镜头都要有编号。

1. 场景标题

场景标题其实就是一个场景的简介，它必须短而精炼，而且要用粗黑字体。场景标题以场景的大致地点为开始——"内"，意思为室内场景，或者是"外"，意为室外场景。然后在标题中再写上具体地点，如卧室、卫生间、街道、机场或者农场等。最后标题要写上场景发生的时间——日景或夜景。

外　火车站——日

内　餐厅——夜

注意以上格式，特别是它的空格和标点，这种格式应当保持不变，而且它的空格标点也有变化。要正确地运用词汇，尽量避免啰唆复杂。又如：

外　清晨火车站外——日

内　夜晚餐厅里——夜

2. 写作动作段落

亚里士多德曾说过："戏剧必须是以动作的形式，而不是叙述来呈现。"编剧用动作段落来提供一些精炼、清晰而简洁的陈述，这些故事元素无法在对话中体现，却必须让观众看到。实际上，在剧本里一个动作段落必须短小精炼得像一个列表，而不是描述。在段落内容中，必须表现场景中"假定情境"。例如：

背景（一个偏僻的小镇，一个繁华的商业街）

能够影响人物行动的环境因素（时间、季节、天气）

能提供有关人物和故事的潜在线索的物理环境细节（一个罗盘、一艘模型船、一瓶药水等特殊道具）

除此之外，动作段落还应包括人物舞台说明，例如一些可以显示人物性格和情感的细节动作：

外　公园——日

小米偷走椅子上的热狗，钻进了树丛里，一口吞了下去。

3. 设计场面

如何展现故事中环境的细节，可以以时间、季节或者天气开始，这样能够很快传达出所寻找的气氛，随后而来的便是地点及其重要物理特征。例如：

外　监狱——夜

深夜，乌云笼罩，寒风刮起覆盖在操场上的积雪。探照灯不停地扫射操场上的每个角落。

编剧的描写只需要揭示事物的本质。在上面的段落中，足够的信息可以了解到这是一个寒冷的夜晚，而且即将有一场越狱发生。如此简练的描写才能体现出行业水准，并深受制片人的喜爱。一个编剧如何传达情绪、意义和人物的行动？关键在于以下几个方面：

(1) 将场景视觉化，如同在脑海里重现。

(2) 决定好我们想要观众看到什么样的环境和行为。

(3) 写下可以传达意义的视觉形象，而不是解释。

(4) 只写下摄影机能拍下来的细节和人物能表演的动作。

4. 介绍人物

在动作段落中，当我们第一次介绍出场人物时，用黑体字标出他的名字，然后用正文字体。例如：

外　监狱——夜

深夜，乌云笼罩，寒风刮起覆盖在操场上的积雪。探照灯不停地扫射操场上的每个角落。

迈克，身穿囚服，在墙角的垃圾桶出现。他悄悄地探出头，观察四周的情况。

5. 写作对话

从页面左边边缘起，留出12个空格来，然后用居中、黑体表示正在说话的人物名。每个人物名及其对话间留出单倍行间距。影片中的对话应该简洁，不要写很多的独白，背诵出种种的思绪、感觉和事实，这样的台词太损伤动作了。如果谈话长达五六行，我们就应该思考一下了，可以在谈话中加入一些东西来打断谈话。例如：

米利特

嘿！记住下次开门快一点！

本杰明被压在大门后面，然后晕倒在地。

米利特

我饿了，来份牛排，要7分熟的。

对影片中对白写作的最好忠告就是不写。只要能够创造出一个视觉表达，就绝不要写对白。写作每一个场景需要攻克的第一道难关就是如何才能以一种纯视觉的方式写出这个场景。写出的对白越多，对白的效果就会越少。如果连篇都是对话，让人物走进房间，在椅子上坐下，不停地说呀说呀说，精美对白的时刻就会被淹没在这些如雪崩般的对话中。但如果我们为眼睛而写作，当对白在必须出现的时候到来时，它就会激发兴趣，因为观众已经渴望听到它。

6. 转场

一个场景是指在某处发生的一个完整的戏剧动作，其时间一致，目的和人物一致。在写作中，一个场景的标题标志着一处场景的转换。当场景改变时，在现有场景的最后一句台词与下一场景的标题之间，应该是双倍行间距。**最频繁的转场是在地点或时间转变，其次是增加或减少人物时，最后是改变场景的戏剧目的，转场最为合适。**

内　　客厅——日

米利特坐在沙发上看美食节目。桑迪婆婆演示如何制作三文鱼意面。

桑迪婆婆

将腌制好的三文鱼放进锅内，油温不要太高。

内　　超市——日

本杰明在仔细挑选促销牛排、鱼肉和蔬菜。

6.2.4 声效

当人物或者观众听到特殊的声响，就需要写声效。声效只在动作段落内出现，而且永远应该用**加粗黑体字**标出。加粗黑字体这是对声音元素设计的重视，也是对声音设计师的一种尊重。声音设计师为我们的影片量身定做声音时首先要给他们看的就是剧本，因为那是最原始的。切记不要把已经制作好的影像直接拿给设计师看，那样他的思维方式会被影像的内容框住。仅仅用一两个词来提示"声音"就足够，表明所期望的声效只需要极小的视觉线索。如何区别什么是声效什么不是声效呢？一个原则便是去寻找声音的来源。找到能引起声响的东西，如果没有，那就应该写上声效。

案例解析

外　小镇——夜

倾盆大雨，电闪**雷鸣**。电话亭。驶过一辆汽车。**电话铃**响。一只游荡的狗冲着电话亭吠叫。

我们能看到倾盆大雨，所以不需要加上声效。但是我们不能看到雷声，所以必须写下"雷声"的声效。同样，我们可以看到电话，但是看不到它的铃声，当电话铃响时，需要加上声效。我们能看到狗叫，所以当它叫的时候，不需要加上声效，而另一种情况：

外　小镇——夜

倾盆大雨，电闪**雷鸣**。一个空的电话亭。一辆汽车驶过。**电话铃**响。远处传来**狗吠**。

这时，狗在银幕之外，我们可以写上"狗吠"作为声效。电话铃、门铃和收音机的声音都属于声效。因为就算在银幕上看到了电话或者门铃，我们也不能"看"着它们弄出声音来。在电视机上，我们能看到图像就会对声音有所预期，并知道它们是从何而来，但是我们不会"看"到一个收音机在播放音乐。

6.3　写作技巧

6.3.1　从里到外写作

成功的作家倾向于采用相反的程序。如果我们乐观地假设一个电影剧本从创意到定稿可以6个月完成，这些作家通常会花掉6个月中的前4个月在一摞摞7cm×12cm的卡片上写作，每一幕分为一摞，一共3摞，或许更多。在这些卡片上，他们会创造出故事的步骤大纲。

作家们之所以会一连几个月死守着一堆卡片，有可能在这个过程中毁掉一些已经写好的场景甚至幕。因为一个对自己的才华充满信心的作家知道，他的创造能力是没有极限的，所以他会毁掉一切他认为不够理想的东西，去追求一个完美无瑕的故事。

几周或几个月之后，作家终于发现了他的故事高潮。故事高潮在手，于是根据需要从头到尾地进行改写，终于有了一个故事。这时可以找来一个朋友，然后讲给他听，这样我们会亲眼看到故事在别人眼里发生。研究一下对方的反应，是否被设计的激励事件所吸引？是否在欠身倾听？或者，他的眼睛是否在看别处？当构建和转折进展时，是否把他抓住了？当故事到达高潮时，是否得到了想要的那种强力反应？

按照步骤大纲说出来的任何故事，在讲给一个聪慧敏感的人听时，必须能够吸引注意，使他保持兴趣达十分钟并打动他，使他得到一种有意义的情感体验，以此来报答他的专注。无论类型如何，如果一个故事连10分钟的吸引力都没有，它又怎能吸引观众长达110分钟的注意力呢？它不会因为变大而变好。在10分钟讲述中不对的任何东西在银幕上只会更糟十倍。

6.3.2 展示、不要告知

"展示，不要告知"这一著名的原理便是问题的关键，千万不要将话语强行塞入人物的口中，让他们告诉观众有关世界、历史人物的一切。而是要展示出诚实而自然的场景，其中的人物以诚实而自然的方式动作言谈，而与此同时却间接地将必要的事实传递给观众。

在业界有一条剧本戒律：切忌内心自省。观众只能看到人物的行为，而看不到他们的思维。人物性格只能通过动作来表现，而且实际上是绝大多数的时候，人类其实是言行不一，口是心非的。很多时候人们的行动并非发自内心，而只是在表演。当人想哭的时候他也许会大喊，当人口中说是，其实心里的意思是否。所以作为剧作家得找到特定的表现手法来表现一个人的行动和他的内心意志之间的矛盾，而且还要让观众在观影时能解读剧作家真正想表达的含意，也就是所谓的潜台词。潜台词就是隐藏在行为表面之下的真正含意。

6.3.3 对抗的原理

主人公及其故事的智慧魅力和情感魅力取决于对抗力量对他们的影响，应与之相当。 与主人公对立的对抗力量越强大越复杂，人物和故事必定会展现发展得最充分。"对抗力量"并不一定是指一个具体的反面人物或坏蛋。在适当的类型中，大坏蛋，如终结者，也可能是令人赏心悦目的人物。所谓的"对抗力量"是指对抗人物意志和欲望的各种力量的总和。

如果我们在激励事件发生的当时研究一个主人公，权衡其意志力的总和，其智慧的、情感的、社会的和身体的能力与来自其人性深处的对抗力量的总和。他所面临的个人冲突，对抗性机构和环境这两组力量的强弱，我们应该能够明确地看出，他像一条战败的狗。他有一次机会得到他想要的东西，但只有一次机会。尽管他生活中某一个方面的冲突看起来是可以解决的，但是当他踏上求索之路时，各个层面冲突的总和应该显得势不可挡。

将能量注入强大的负面一方，以至于正面力量必须不断获得道高一尺魔高一丈的超越力量。不仅是为了使主人公和其他人物得到充分的展现与发展，还为了将故事本身带到主线的终点，带入一个辉煌而且令人满足的高潮。

案例解析

影片《风之谷》中的主人公娜乌西卡为了拯救正在被腐海吞噬的世界，与代表大自然的王虫、野心勃勃的多鲁美奇亚人和足智多谋的培吉特人展开对垒。多鲁美奇亚人唤醒旧世界的巨神兵想烧毁王虫统治世界，占领了整个风之谷村庄，杀死了她的父亲。而培吉特人将受伤的小王虫作为诱饵引来大批愤怒的王虫群冲向风之谷，想引王虫来消灭占据风之谷的多鲁美奇亚人。

结尾处大批王虫向风之谷愤怒地奔去，多鲁美奇亚的巨神兵刚开了几炮就变成了一摊烂泥，反而使王虫群更加愤怒而一发不可收拾。眼看风之谷就要被王虫群踏平，身负重伤的娜乌西卡公主带着从培吉特人手中夺回的小王虫降落在愤怒的王虫群面前试图阻止，可是王虫群并没有停下来，它们撞死了挡在前面的娜乌西卡公主。

突然间王虫群冷静了下来，它们停住了脚步，将娜乌西卡公主围住。娜乌西卡以自己的生命平息了王虫的愤怒，王虫们深处金色的触须将娜乌西卡托起，娜乌西卡获得了重生。最终应验了那个古老的神话传说，也促进了多鲁美奇亚人和培吉特人的和解。娜乌西卡公主完成了从一条战败的狗到一个神的转变，得到了一个皆大欢喜的结局。

6.3.4 伏笔、分晓

为了一幕一幕地表达作者的看法，作者将自己的虚构现实的表皮破开，并把观众送到故事的前面部分以获得见解。因此这些见解必须以伏笔和分晓的方式进行构建。**铺设**

伏笔是指将知识一层一层铺垫好；分晓是指将铺设的知识传达给观众以闭合鸿沟。当期望和结果之间的鸿沟把观众推到故事的前面部分寻找答案时，只有在作者预先在作品中准备了或播种了这些见解的情况下观众才能找到。

伏笔必须小心谨慎地处理。当观众第一次看到它们时，它们具有一种意义，但随着观众对影片的深入理解，它们却被赋予了第二层更加重要的意义。事实上，一个单一的伏笔可能具有隐藏于第三或第四层面上的意义。

伏笔必须埋设得足够牢固，当观众的记忆急速回溯时，他们还能找出那些伏笔。如果伏笔过于微妙，观众就会忽略其用意。如果过于笨拙，观众远在一千米之外就能看到转折点的来临。如果对显而易见的伏笔过分强调，而对不同寻常者却疏于培植，那么转折点的效果将会丧失殆尽。

■ 案例解析

影片《美食总动员》中，影片一开始就埋下了伏笔，食神古斯多说过"料理非难事"，这句话的第一层含义是任何人都可以料理。影片中的这句话最后落到了主人公小米的身上，虽然小米是一只老鼠，可是它却创造出了人类美食新概念。

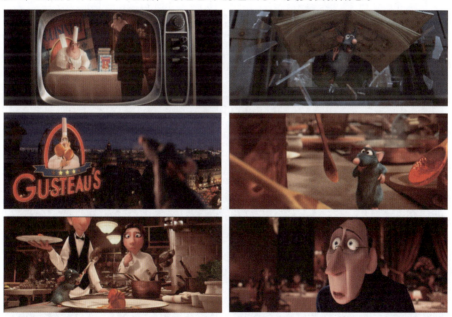

6.3.5 因果与巧合

因果关系驱动一个故事，使有动机的动作导致结果，这些结果又变成其他结果的原因，从而在导向故事高潮的各个片段的连锁反应中将冲突的各个层面相互连接，表现出现实的相互联系性。

故事创造意义，巧合看起来应该是我们的敌人。因为它只不过是宇宙中事物随意而荒诞的碰撞而已，就其概念而言是毫无意义的。然而巧合毕竟是生活的一部分，而且常常是一个强大的部分，对人的生活予以重大冲击，然后就像它荒诞地到来一样，又荒诞地消失得无影无踪。因此解决方法不是要回避巧合，而是要戏剧化地表现出它是如何毫无意义地进入生活，然后随着时间流逝而获得意义，表现出随意的反逻辑如何变成生活现实的逻辑。

首先故事要尽早引入巧合，以给予它充分的时间来构建其意义。其次千万不要利用巧合来转折一个结局，巧合不能突然弹入一个故事，转折一个场景，然后又突然弹出。

案例解析

影片《鲨鱼黑帮》，在大海深处生活着一帮犯罪分子，它们由大白鲨里诺统领，形成了庞大的恶势力犯罪家族。残暴而冷酷的里诺一肚子坏水，它有两个儿子弗兰克和兰尼。一次弗兰克绑了奥斯卡并让兰尼吃掉它，可是碰巧弗兰克被海面渔船抛下的铁锚砸死，奥斯卡决定好好利用这个歪打正着的好机会，于是它振臂高呼自己就是打败了庞然大物的鲨鱼杀手。这下它可成了街知巷闻的大英雄，美女和财富全向他大抛媚眼。得意的奥斯卡甚至和兰尼成了好朋友，联手炮制了一档猎鲨的电视直播节目。现在什么都已拥有的奥斯卡恐怕还不知道，等待它的可是全世界鲨鱼黑帮势力的疯狂追杀。在影片早期就进入了这个巧合事件，以给予它充分的时间来构建其意义，从而产生了相互关联的前因后果。

6.3.6 闪回

闪回不过是另一种形式的解说，就像其他一切因素一样，这种手法也是用好即好，用坏即坏。换言之，与其用冗长、毫无动机而且充满解说的大段对白令观众厌倦，倒不如用毫无必要、索然寡趣而且充满事实的闪回来令观众厌烦。或者我们可以把它用好。如果我们遵循常规性解说的严格规则，闪回便可以创造奇迹。

将闪回戏剧化，与其闪回到过去平淡乏味的场景，不如在故事中插入一个微型剧，其中有它自己的激励事件、进展过程和转折点。闪回若是处理不好常常会延缓影片的速度。但是，用得恰到好处的闪回实际上能加快进度。

■ 案例解析

影片《冲浪企鹅》，开始部分是以科迪在采访中讲述企鹅冲浪的历史发展过程，一般讲述历史都用闪回的方式。在闪回部分中出现了一个传奇人物"大Z"，它是企鹅世界最知名的冲浪选手，它有着光辉成绩，又在十年前消失在一次比赛里，因此成为传奇，它的故事激励了一代又一代小企鹅继承冲浪事业。科迪不断地追寻大Z的足迹，在影片中经常以闪回的形式来描写大Z的段落，从而有效地推动了影片的发展。

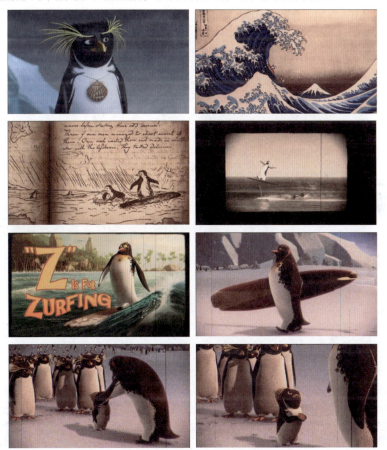

6.3.7 噱头、反复的噱头

"影片讲的是什么内容？"好的噱头回答了这个问题。好的噱头会抓住人们的眼球，让人们想跑到电影院里。噱头必须绽放于观众的脑海，吸引观众去进一步了解。噱头就是简单的精神画面，它向观众保证影片很有意思，让观众从故事线中获知足够的关于影片精彩程度的信息。一个好的噱头可以让任何听到的人都会被吸引，不管是经纪人、制片人还是观众。

反复噱头和呼应相对，呼应是第一幕中对情节人物提示并在后面得到回应，反复的噱头是散布在影片剧本中的主题重复、人物细节等。每次重复都会使观众更欣赏这种噱头，因为能回忆起这些噱头会让观众感觉良好、更加融入故事中。反复噱头在正剧和喜剧中都会出现，表现为观众能够识记的重复笑料，而丰富的噱头在影片结局部分必须有转折。

案例解析

影片《冰河世纪》在每一部的开场和结尾都会有松鼠克莱斯特与坚果的情节，而且每次都有相应的变化。松鼠克莱斯特每次出场都表现出了动物那种执着的性格，而且还起到了衔接剧情的作用。例如冰川大裂缝就是由它引起的，这种设计为整部影片增加了不少搞笑的戏剧色彩。在上映后不久松鼠的玩具卖得也是不错，《冰河世纪》就是将反复噱头这一概念发挥到极致的一部优秀动画电影。

6.4 宫崎骏先生的作品解析

6.4.1 题材、思想与风格

宫崎骏先生出生于1941年，战争结束那年他4岁，战争中的各种矛盾也成为当时社会中经常探讨的问题。生长在那个年代的孩子，平时涂鸦的时候爱画战斗机，这几乎是当时每个孩子都会做的事情。宫崎骏先生聊天的时

候喜欢随手涂鸦，只要一动笔就会画战斗机，而且他很擅长整理剧中的战争关系。如收山之作《起风了》讲述的就是宫崎骏先生对战争理解的造诣之深，这不是一般人能达到的。从电影《风之谷》中就能发现他有种强烈的、想要将世界上所有一切全部烧光的冲动，但同时又比任何人都热爱现在的一切，他是兼具了这两种矛盾思想的人。其实大家在看宫崎骏电影的时候，都很享受这种想要破坏一切、得到净化的心情。从巨神兵烧尽一切的场面，到《悬崖上的金鱼公主》中洪水吞没整个世界的画面，从影像的感染力中大家都得到了某种心灵上的净化，这部分就是宫崎骏先生的某种破坏冲动，也可以称为否定冲动。这种挑战一切的斗志才是成就吉卜力娱乐如今规模的基石。一个喜欢兵器、对战争本身带有浓厚兴趣的宫崎骏，却比任何人都强烈地谋求和平，谋求人类的幸福，寻求一个和平的世界。

《魔女宅急便》这部作品是让铃木敏夫和宫崎骏之间产生信赖关系的作品，这个企划案本身就是个奇迹，因为它的标题就是商品名——"宅急便"。主人公是做快递的，而且黑猫宅急便的"黑猫"商标也出现了，因为是纯商业电影的缘故。简单地讲就是黑猫宅急便想拍一部电影，于是最后找到了宫崎骏先生那里，他居然接受了这种商业电影。

《魔女宅急便》是根据角野荣子的原著《女巫的特快专递》改编的。小说一共4册，而宫崎骏的《魔女宅急便》只拍了其中的一册。虽然是本儿童读物，不过实际上看的都是些年轻女性，特别是那种从小城镇到大城市里的外来务工人群。现在是女性可以涉足各个行业的时代，但是这些小城镇来的人回到公寓时，就变成孤身一人，如何去填补这种突如其来的寂寥感是电影需要表达的主题。

《幽灵公主》是围绕着山兽神的首级，人类与幽灵公主之间的斗争。虽然说是一部奇幻类电影，但是在当时的日本电影界，打斗类的电影是绝对红不起来的。整部影片是一个设定过于庞大的主题，因为内容难以理解引起了社会上不小的争论。日本著名影评家清井汛先生说这部作品中包含了中国的五行思想。《幽灵公主》的开篇，是以变成了"邪神"的异形巨猪偷袭主人公阿席达卡的村庄镜头开始的。

山兽神白天是鹿的样子，到了晚上就变成两只脚走路的巨神。太古时代山兽神居住在森林里。那里久经年月，树木繁生，成为非常巨大的森林，里面生活着能说人话的、已经半神化的野狗和野猪。

随着时代的迁移，那未曾踏入过的森林深处，人们也开始想方设法进去了。由于"铁工厂"的出现，人们从山里获得了铁。于是，树木逐渐消失，露出了秃地。似乎是同出一轨，山兽神的子孙们渐渐变得瘦小起来，逐渐也就不再懂得人话了。人类用铁炮扩张了自己的版图。经年的野猪被石炮击中，变成了"邪神"。本来应该死掉的野猪，却没能死尽，变成邪神留在了世上。这邪神从山上逃出，在漫无目的的奔跑中，与主人公少年阿席达卡相遇，这就是故事的开端。那么这与五行思想有什么牵连呢？

　　例如推断山兽神是大地，就是土气。为什么呢？因为山兽神每走一步，它的蹄子一碰到地面就会长出草，经过一瞬间的成长之后，立即就枯萎下去。在中国隋代，有一本名为《五行大义》的书里写道"树木是有感触的，只要碰到土地就能生长"。如果把这里的土地换成山兽神，就不难理解为什么会从山兽神的脚下长出草木来了。正是因为山兽神是大地的化身，所以草木才会从它的蹄下生长出来。

　　背部受了一枪，濒临死亡的阿席达卡得到山兽神相救，起死复生。相反地，即将成为邪神的野猪，山兽神却吸走了它的生命。从这里可以推断这两个生命都是属于木气的。实际上，宫崎骏先生认为所写的野猪和野狗等所有的森林动物，都是属于木气的。这是他对五行的解释。所有动物都是木气的，没有大地（土气的恩惠），是无法生存的。也就是说，只有接受了山兽神（土气的恩惠），森林中的动物才能完成他们的生命。这就是山兽神森林的秩序。所以森林中的所有动物都畏惧它，尊崇它的存在。

　　可是激怒山兽神的产业文明，即火气，进到了森林中。把原属于土气的产物的铁（土生金）夺走，得到的金气（铁矿），用铁工场的火气熔化出来（火克土）。又为了得到火力，用金气的斧头和锯齿伐倒树木（金克木）。于是，山野秃了，动物失去了生存之地，兽神森林的生态系统完全崩溃了。再有，人们用生产出的铁制成了枪，并用这种金气中最高级的物件，到木气的山中，打食野狗和野猪（金克木）。就像用锯和斧伐倒树木一样，经过人手的金气，扳倒了木气的有机物。

　　人类无法逃避的邪神。这里所说的"邪神"的名字中的"邪恶"是有其本质的。再一次从五行思想来考虑，宫崎骏所说的"邪恶"的本质是这样的。产业文明的原动力是火。火能克金，人们利用火，从而得以利用金属，于是人类使用金属，试图支配自己以外的有机物（木气）。金又能克木，那么可见人将胜利。可是结果呢，人们伐倒了树木，屠宰了野兽，也同时破坏了自己置身其中的有机物系统。

五行相克诉说着大地之死。山兽神中弹后，将金气藏于体内的野猪，拒绝了死亡。于是从山兽神森林中逃出，在奔跑中变成了邪神。这就是金气（人工的东西）侵入木气（有机物）的过程。从一般常识来看，中了枪弹的身体就会倒下，从此变成尘土。可是按五行的观点来看，被金气侵入后的身体，是不能变成死体（土气）的。在体内有人工物质（异物）的有机物，被视为污染物，还能归还土地的。野猪变为邪神（金气），解除到它肉身的生物（木气），全都是相克的。它走过的地方，所有的有机物都会散失其生命。

而山兽神（土气）一经走过，植物便从土中发芽，急速生长，再枯萎下去。邪神（金气）一经走过，所有的有机物就失去生命。兽神虽也司掌生死，可是对土气和木气之间的关系而言，山兽神是通过极力催促有机物（木气）的生长，使之老化，从而致其死的。可是，邪神在致其以死时，就像在土气和木气之间插入一个金气的楔子一样，割断了大地与生物之间的关系，使生物中断其生。看上去是万能的神，在它变成巨兽时，突然被枪弹打中，头整个地飞了出去。这一来，它变成了最大最恶的"邪神"，就是说，其身体就是森林秩序，生态系统的山兽神之"头"被打飞了。从此生态系统失去了恒常性，也失去了免疫力。被金属所带来的所有罪恶侵蚀，于是开始暴走。不单是头被打飞了，替代人手的人工物质（金属），遮断了大地和有机物之间的交流，这个地方最有意义的是通过"从山兽神到邪神"的转变，揭示了当人为的活动超出了大地的自净能力时，生态系统就会陷入不可恢复的恶循环状态。

由火气生出金气，不仅能克木气，对土气也有非常重大的影响。宫崎骏的五行思想对此也有表示。枪弹不就像五行相克的缩略图中的兵器吗？也就是说：身体是木，推进力是火，枪弹是金属，从火到金，再到木的相克的流程，成为一个兵器史，就可以将土气（鹿神）打倒。

6.4.2 宫崎骏笔下的那些角色

宫崎骏笔下的角色都有原型，最有意思的应该就是《悬崖上的金鱼公主》中的一个重要角色——波妞的父亲藤本，他本是一个放弃了人类身份的魔法师。作品中的他虽然很幽默，但性格有些歇斯底里。他的心性并不坏，但说话爱绕弯子，气场又比较神秘，因此容易被人误解。不过，他对波妞和其他孩子的爱是毋庸置疑的。波妞的母亲珂蓝曼玛莲提议"把波妞变成人类"时，他面露难色道："一旦失手，波妞就会变成泡沫。"确定魔法成功后，他便将波妞托付给她的心上人宗介。

那么藤本这个角色的原型是什么呢？这要从吉卜力工作室的一个职员说起，这名员工刚来到吉卜力三个月，就让宫崎骏先生身边的一位得力的女助手怀孕了。本来他来之前，吉卜力内与女职员年龄相仿的男职员就很多，于是很快就兴起了结婚潮。现在的年轻人都流行刚结婚不要小孩，这家伙才来三个月就让人家怀孕了。结果他引发了怀孕的连锁反应，之前结婚的那帮人掀起了扎堆生育的热潮。

虽然这件事听起来有些荒诞，但的确是真事。到后来连宫崎骏先生都对这个来了三个月连一次都没照过面的男职员产生了兴趣，于是宫崎骏先生每天去男职员所在的三楼工作室，就坐在他旁边，男职员只好跟宫崎骏打招呼聊天。整整一个月每天都在聊天，大致这么一个角色的感觉就聊出来了。结果宫崎骏先生受到这件事的启发开了吉卜力托儿所。而这个人就变成了《悬崖上的金鱼公主》中一个重要的角色，他就是所谓现代父亲的原型。

《千与千寻》汤婆婆的原型与澳大利亚的比特威尔导演创作的《罕巾古岩山的郊游》一片中的重要人物"女校长"相似。学生们背地里称作洋葱头的就是女校长。《千与千寻》一片中人们可能很难明白汤婆婆那维多利亚时代的衣着的意味。这就是从《罕巾古岩山的郊游》一片中，当时作为英国殖民地的澳大利亚上流阶级的服饰引借来的。汤婆婆奢侈的居室，可以从校长室的基调上看出。从汤婆婆那高压式的台词"进来！"也可以看出两者的相似之处。对交不出学费的可怜少女，校长那居高临下、颐指气使的态度，与汤婆婆对待千寻的情况一模一样。

《魔女宅急便》，这是一个从一开始就有魔女存在的世界。出生于魔女世家的实习小魔女琪琪。按家族惯例，她在13岁的满月之夜带着黑猫同伴吉吉踏上旅程。除了飞行，她对其他魔法全无兴趣。启程之日，母亲可琪莉苦笑着感叹："调草药的本事到我这就绝后了。"

虽然主人公琪琪这个角色本身并没有什么特别的才能，可以在天上飞的设定在这里就是与擅长运动一样。也就是说她利用可以在天上飞这个手段开始做快递，不是说开始做快递，发挥了自己的某种才能后开一家更大的公司这样的故事。当本来会飞的魔女不会飞了，这部作品的世界就被震撼了。《魔女宅急便》其实就是主人公琪琪回归会飞世界的故事。

在《哈尔的移动城堡》这部经典作品中，有三个人物他们之间的关系是非常有意思的，那就是苏菲、哈尔和荒野女巫。有一段情节是这样的，荒野女巫变回原来老太婆的样子之后需要有人看护，苏菲不得不照顾她。苏菲虽然也是个老太婆，但是内在其实是个年轻少女。她们的对话很有意思。受到苏菲看护的荒野女巫问："你一直在叹气，是恋爱了吗？"苏菲反问道："婆婆，你恋爱过吗？"荒野女巫回答说："当然，我到现在都还在热恋中。"这段话实在是意味深长。这部电影只要这段内容看明白了，整部影片的问题就迎刃而解。为什么荒野女巫讲苏菲变成老太婆？哈尔跟荒野女巫之间，曾经是什么关系？简单地说，夺走少年哈尔童贞的就是荒野女巫。所以在电影的开头，看到哈尔和苏菲在一起的时候，荒野女巫大发雷霆，把苏菲变成了老太婆。所以通过这部作品可以充分了解宫崎骏先生这个人的某一面，他是如何思考人生的。

还有《哈尔的移动城堡》中卡西法、马鲁克和苏菲之间的互动感觉很不错。就算是正统的儿童作品中，像这样有趣的场面也很少见。卡西法是个很有趣的角色，红色火焰状恶魔。与哈尔签订了契约，和他同生共死。貌似吃所有能燃烧的东西，蛋壳、哈尔的剩饭、哈尔的师父派来的窃听虫也硬着头皮吃了。除了食物，他十分挑剔，一般情况下只听哈尔的命令，曾把好几个有意拜师的人赶跑。他对火焰有着独到的见解，"我讨厌火药的火，因为他们不懂礼貌。"卡西法与苏菲的对话中还透露了自己的年龄，"你凭什么说我年轻啊？我可比你年长100万岁呢！"虽然这可能是他随口胡说的，但可以看出它的寿命相当长。

6.4.3　土地对宫崎骏动漫的影响

宫崎骏去哪里旅行，只要待上一段时间就会想在当地住或者在那买房子，而且当地对他的影响会直观地表现出来。比如说他去了屋久岛，就以那里为舞台创作了《风之谷》。当年去过的瑞士，创作出了《魔女宅急便》。土地对他的影响力是非常大的。从吉卜力以往的作品中就会发现，很多故事背景都是以多摩或它的周边地区为中心创作的。

例如影片《悬崖上的金鱼公主》，当时是铃木敏夫的一个朋友正在着手负责振兴濑户内海的某个城镇，找到铃木敏夫来帮忙，提议能不能以这个城镇为背景创作一部电影，这是一个人烟稀少的小镇，所以有的是地方。当时吉卜力的全体职员被邀请去度假三天。一开始宫崎骏先生还不想去，结果去了一看就喜欢上了这个地方，而且还在那边住了两个月左右，于是他的各种构思在那里开始初步形成。回来的时候宫崎骏不想做《不不园》（《不不园》是一部书籍，在日本被誉为低幼儿童文学创作的典范）了，想改成《悬崖上的不不园》。那时宫崎骏住的地方是悬崖上面。

其实《不不园》是一个关于托儿所题材的电影，宫崎骏当时画不出托儿所的感觉。而当年正

好赶上公司内部职员的怀孕高峰期,所以借这个机会开了托儿所。但是最终还是放弃了做托儿所的电影,变成了现在的《悬崖上的金鱼公主》。

大自然也是一个非常重要的主题。影片《龙猫》描绘了安静的农村风光,主人公小梅家周围是典型的农村后山,但带有龙猫气息的塚森是比后山更黑暗的守护神森林。虽然从地理角度看,守护神森林也属于后山,但在导演宫崎骏的心目中,它应该会更接近原始森

林。换言之,龙猫居住的森林是人类再也无法回归的地方。宫崎骏借龙猫与少女们的关系道出了照叶树林在他心目中的地位。原始森林存在过的事实就是他的心灵支柱。然而,如果一味沉迷于过去的回忆,他就无法接受现实中的日本了。

在影片中,小梅与姐姐种下了龙猫给的种子,但种子迟迟没有发芽。可是在某天夜里,龙猫出现了,种子也迅速发芽,长成了参天大树。第二天,两姐妹一睁眼便冲到了她们种下种子的地方,只见大树消失了,但一颗嫩芽从土里探出头来。两人激动地喊道:"那虽然是梦!却不是梦!"

这个场景乍看轻松活泼,却暗藏着宫崎骏先生的复杂感慨。照叶树林的确存在过,绝非虚幻缥缈的梦幻。然而,生活在当下的宫崎骏先生已经看不到远古的森林了。从这个角度看,树林也算是一种梦。

另一部作品《千与千寻》是在崩溃的现实面前展开的世界。展开来的不是别的,正是什么都有的幻想世界。这时宫崎骏动漫原有的事物与事物之间紧密联系着的意义和法则全都烟消云散了。所谓幻想剧,就是只需要覆盖一些最起码的常识性的物理法则,就可开辟出自由阔达的影像空间。这个空间诞生的世界,就是《千与千寻》的异界。所以不论是神仙们洗澡的地方,还是大雨之后变成汪洋大海的大地都没有太多的限制。

《千与千寻》这部作品，是在超越了宫崎骏导演至今捕捉到的意识问题基础上开始的，所以在此就没有了"自然与人相克"这样的上层大题目。可是在《千与千寻》影片中，也不是完全抛弃了宫崎骏常年培养起来的各种"思想"。和原来一样，为了进入异界，都必须经过细细的产道。千寻的爸爸在迷路以后，强烈的好奇心让他进到那个隧道。或者几经穿越终于见到的、在油屋的建筑物地底的那位圣贤的、形如蜘蛛的锅炉爷爷。

影像和故事的二重性都还存在。本来，"神隐"（日本原作名称是《千与千寻的神隐》。"神隐"是指小孩子突然不知去向）的发祥，与澳大利亚的比特威尔导演创作的电影《在罕巾古岩山的郊游》有着紧密的关系。这部电影是基于1900年澳大利亚一座名叫罕巾古岩山的地方实际发生的一起神隐事件所创作的。首先是三名女学生在山顶附近失踪了，随后是一名去寻找她们的女老师也失踪了。几天以后只有一名学生在山中被找到，并被救了出来。

可是影片只是依据了实情，并没有弄清楚她们在山中到底出了什么事，就这样不了了之了。也就是说，本来在应该发生什么事的空间异界里，影片却没有描写什么。可能宫崎骏梦想了少女们从失踪到回归过程中所发生的事吧。如果不利用幻想

和动漫来表现，是很难描写异界的。宫崎骏将比特威尔导演所不能实写的异界空间，通过《千与千寻》创作出来。

这两部作品有一定的共同点。少女们失踪的罕巾古岩山，是一座在大平原上隆起的小山。同样，《千与千寻》中汤婆婆支配的油屋，四周也是平原，油屋屹立在如桌面一样的平地上，而且高耸入云。这样不自然的油屋原型，可以和罕巾古岩山重合。

《千与千寻》似乎也是从塔尔科夫斯基导演的《乡愁》中得到几个灵感。千寻和父母一起，走过一片草原后到达了神仙们洗澡的地方。《乡愁》是从主人公离开车子，走向草原开始的。

千寻一家穿过隧道到达的异界入口，是一个小柱林立，既像车站候车室，又似教堂

的地方，神似电影《乡愁》中出场的意大利散比埃教堂的地下室，可能就是以此为蓝本创作的。还有在《千与千寻》片中，有一个臭神丢弃的自行车的镜头。当侍候臭神洗澡的千寻把自行车用力拔出后，臭神的澡池中流出了各式各样的垃圾。这个镜头也是从《乡愁》中取来的灵感吧。

在描写大雨过后，大地变成一片汪洋之时，宫崎骏也是有意识参照了塔尔科夫斯基的另一部作品《索拉里斯》。塔尔科夫斯基的作品与《千与千寻》一片的共同点并不仅仅是这些细小的地方，还应该看到的是关于"水"的要素。隔断千寻一家与现世的，就是在不知不觉中扩展开来的水。虽能看到对岸现世的灯火，可是却不能够回去，正如佛教中所写的三途之水，隔断了此岸与彼岸。

对于澡堂的油屋来说，"水溢满出来"那是理所当然的事，就连名副其实的河川之神也要来洗澡的。那里，只要一下大雨大地就立时变成浅海，连气动车的线路都被水淹没了。但气动车仍旧行走如初，在它后面划出两道长长的、如船行驶后留下的渐渐扩宽的航迹。宫崎骏到哪都能创作出被水浸没的世界。这一点上，也可以看出他对塔尔科夫斯基创作的电影的崇拜。塔尔科夫斯基，那真是一位把水当作主角来描写的著名电影导演。

第7章 影片剧本结构分析

- 《风之谷》剧本结构分析
- 《机器人总动员》剧本结构分析

7.1 《风之谷》剧本结构分析

影片《风之谷》于1984年上映，该动画作品改编自宫崎骏连载于 *Animage* 的同名漫画。宫崎骏导演的卓绝名声也是从这个时期奠定的。电影剧本源自漫画的前三分之一，在《风之谷》中，人与人、人与生物之间的关系成为全剧的主要元素，女主人公娜乌西卡在这些关系中周旋、斗争，演绎出一个深入人心的勇敢、细心和坚韧不拔的女英雄形象。而宫崎骏丰富的想象力构造出的一个与现实环境完全不同的世界，遍地的黄沙，古怪的植物、昆虫，还有代替马使用的鸵鸟，水上飞机、飞艇等，完全是一幅幅世界末日后的真实景象。

漫画版的《风之谷》共有7卷，与电影恰恰相反，漫画版的《风之谷》的风格不是明亮、活泼的，而是晦暗，充斥着污秽、罪恶的尔虞我诈的世界，而且剧情之复杂、人物之众多，堪称漫画界的又一"巨著"。《风之谷》漫画版主要是对人与自然、人的劣根性等尖锐而又矛盾的问题进行探讨。据宫崎骏说，女主角娜乌西卡一名是取自荷马史诗《奥德赛》中的拜阿基亚国公主，同样是一个有着与众不同的浪漫气质和勇气的少女。《风之谷》的女主角娜乌西卡也拥有这一气质和勇气，在万千动漫画迷心目中享有崇高的地位，以至很长一段时间都占据着"漫画最受欢迎女性人物"的首位。由此可见这部影片在当时的影响力，下面我们针对这部影片的剧本结构进行详细的分析。

7.1.1 第一幕

1. 开场序幕

一般影片在开场序幕中，大约1～5分钟的时间里会有人物出现，但通常情况下这个人不是该片的主人公，而是由他来提出影片的主题。在影片《风之谷》的2分钟序幕部分里，一个骑着大鸵鸟头戴防毒面具的中年男子出现在长满孢植林的村庄。他推开一个房间的门，环视四周后发现没有生存迹象，说了一句："又一个村庄灭亡了。走吧，这里很快就会被腐海给吞没了。"之后他转身离开这片废弃的村庄。然后带有说明性的字幕出现："巨大产业文明崩溃后一千年，被虫壳与硬瓷碎片覆盖的大地，发出有毒瘴气。被称为腐海的森林渐渐扩大，威胁着没落的人类的生存。"从字幕中我们也可以找到一些答案，带有毒瘴气的腐海森林正在蔓延，它正威胁着人类的生存。原来那个中年男子带着防毒面罩是因为腐海森林散发着有毒的瘴气。字幕过后《风之谷》片名出现。

故事背景

透过字幕我们可以从中发现一些关于这部影片的故事背景，例如巨大产业文明崩溃后一千年、腐海森林等。

悬念与冲突

序幕引发了悬念和冲突，并且为影片的主题定调。这就是影片序幕的作用。

悬念：人类产业文明崩溃后一千年，大地为什么变成了这样？腐海森林是怎么形成的？这个中年男子是谁？为什么他带着防毒面罩？

冲突：从影片的字幕可以知道，该片是讲述人类产业文明与大自然之间发生的矛盾冲突。影片主要讲述的是如何解决这一矛盾冲突。

2. 前十分钟

对于一部影片来说，能不能在前10分钟内抓住观众的眼球，是一部影片的成败关键。在这10分钟里我们看到了第一故事中的所有人物，并"铺垫"好了影片中的世界。我想，观众应该在这部影片的短短两分钟序幕中就已经被吸引住了。影片的前10分钟就是要非常有力地设定主角、故事背景、故事目标等要素。

主人公出场

通常这种格局的电影，第二个出现的人物肯定就是主人公了。主人公驾驶着一架高科技产物"滑翔翼"出现在我们面前，这是现今世界中找不到的，如今已经成为他们平时再普通不过的交通工具了。她来到腐海森林，提取有毒植物样本，并发现了巨大的王虫壳。在之前的字幕中可以找到有关这一场景的一些提示，例如被虫壳与硬瓷碎片覆盖的大地、发出有毒瘴气。当她沉醉在优美的腐海森林深处时说了一句话："腐海是一个美丽的死亡森林，只要不带防毒面罩，5分钟内肺部就会溃烂。"表面上优美的森林却可以在5分钟内置人于死地。

3. 催化剂

催化是某件事首次发生的时刻，如果这个催化点时机不恰当，观众就会厌烦起来，影片中的内容可以说"没有情节"，因为吸引不了观众的注意力。一般它始于影片的前10分钟内并结束于影片的第12分钟左右。在序幕中出现的那个中年男子被愤怒的王虫追杀，女主人公闻声赶来，她用闪光弹和虫笛帮助中年男子脱离了危机。这就是影片的催化剂。

4. 揭示人物

从这里我们得知那个中年男子原来是女主人公娜乌西卡的老师，他叫犹巴。通过犹巴老师带来的那只狐松鼠，得知娜乌西卡有着驯服动物的神奇力量。犹巴与娜乌西卡来到一个叫风之谷的小镇，这正是我们女主人公娜乌西卡公主的家乡，从村民的欢迎声中可以得知犹巴是一个受村民们敬爱的智勇双全的长者。并得知娜乌西卡的父亲基尔国王因受到腐海的毒素而不久将要与世长辞。

悬念：当娜乌西卡对犹巴老师说："对了老师，待会儿有个东西想请您看一看，是我的秘密房间哦，你不可以把他说出去，要不然大家会吓坏的。"新的悬念产生了，观众的观片需求就是要在这种悬念下将影片看完。所以影片一直要有悬念产生，并要在后面得到揭示，观众才能够得到满足。

5. 争执

编剧必须在主人公开始应有的行动之前创造衔接幕，接下来应该怎么做？争执是要让观众知道这一点。我们该去吗？我们敢去吗？这肯定是有危险的，但是我会如何选择？待在那里吗？我们可从下面的对白中发现犹巴一直要追寻的是什么。祖奶奶引出一个神话传说："这个人身穿蓝色长衣，飘然降临在一片金色的大草原上，身系连接着即将失落的大地的羁绊，最后终于带领着人们走向湛蓝清净的地方。"并且道出了犹巴想要解开腐海之谜，而主人公娜乌西卡要为帮助犹巴老师解开这腐海之谜而采取必要的行动。

国王："小丫头救了你一命啊！"
犹巴："风之谷真是个好地方，永远都是这么的祥和、宁静。"
国王："这一次的旅行怎么样啊？"
犹巴："惨不忍睹啊，南方又有两个国家被腐海吞没了。腐海的范围不断地扩大，不管走到哪里都是战争和饥荒，充满了不祥的阴影。为什么就不能像这里一样和平地生活呢？"
祖奶奶："这里因为有海上出来的风爷保护着，所以毒素吹不到山谷里来。"
国王："怎样啊！犹巴？要不要就在这住下来啊？我已经来日无多了，你留下来大家都高兴啊！"

祖奶奶："哈哈，别说了，犹巴这个男人啊，命中注定要不断地追寻啊。"

犹巴："命中注定。"

娜乌西卡："祖奶奶，他在追寻什么呢？"

祖奶奶："怎么？娜乌西卡你不知道吗？瞧，就画在墙上那面旗子上。虽然我已经看不见了，不过应该就在左上角吧。这个人身穿蓝色长衣，飘然降临在一片金色的大草原上。身系连接着即将失落的大地的羁绊。"

娜乌西卡："最后终于带领着人们走向湛蓝清净的地方。犹巴老师我一直以为这是个古老的传说呢。"

犹巴："老奶奶您别取笑我了。"

祖奶奶："呵呵呵，是跟画里的人一样。"

犹巴："我只是希望有一天能解开腐海之谜，究竟我们人类是不是注定就这样被腐海吞没而亡呢？我只想能清楚这点罢了。"

娜乌西卡："要是我能帮得上犹巴老师那就好了。"

如果人类想解开腐海之谜，就必须让这个传说得以实现。

7.1.2　第二幕衔接点

影片第一幕与第二幕的衔接点出现在25分钟左右，多鲁美奇亚的大飞船被虫子包围，看不到前方障碍而坠毁在风之谷城附近，娜乌西卡公主在飞船坠毁的残骸中发现培吉特王国的公主，公主留下遗言：一定要将船上的货物烧掉。村民在飞船的残骸发现了一只牛虻虫，既不能让它留在这里，也不能将它杀死，因为这样会引来大批的同类到风之谷。于是娜乌西卡公主用虫笛将这只牛虻虫带到了它该去的地方，在那她发现了大王虫。衔接幕开始时都会比较模糊。我们会找到那个把主人公拖入第二幕的事件，这是不对的。主人公不能被诱入、骗入或不知不觉地进入第二幕。主人公必须自己做出决定。娜乌西卡的积极主动，使得她成为必然的主人公。

悬念：船上装有什么东西？为什么佩吉特的公主临终告诫娜乌西卡要将它毁掉？

冲突：王虫与人类之间的冲突，多鲁美奇亚的大飞船携带着大量虫子坠毁在风之谷。

1. 第二故事"巨神兵降临"

第二故事发生于影片的30分钟左右，"巨神兵降临"作为第二故事是承载影片主题的故事。它给了我们喘口气的时间，有助于使原本非常明显的第一故事的衔接幕更加平顺。假设我们已经设计了第一故事，并使其发展开来，现在我们要突然跳到第二幕进入全新的世界。在这时第二故事出现，让我们来谈谈别的事情吧，这样就像给了第一故事一个"切换镜头"。

风之谷的村民发现植物上面沾满了孢子，一旦整个风之谷被孢子侵蚀掉就会变成腐海。而飞船撞毁的大火并没有将那个"货物"烧毁掉。那个货物究竟是什么呢？之前在第二幕衔接点留下的悬念被揭开，犹巴老师发现它就是沉睡在佩吉特地下的旧世界怪物巨神兵，它用七日之火烧了全世界的怪物。

2. 观点冲突

飞船坠毁后引来大批的多鲁美奇亚军队将风之谷占领，娜乌西卡的父亲基尔国王被军队杀害。库夏娜要用巨神兵烧掉腐海，而娜乌西卡公主因不希望看到再有人牺牲，所以只好暂时妥协，同意他们用巨神兵烧掉腐海。在这段冲突中提出了两种截然不同相互对立的观点。

一方面是多鲁美奇亚军队的司令官库夏娜说："我们来这里是为了整合边境各国，将这块土地建设成为一方乐土。因为腐海的缘故，你们已经濒临灭亡，听从我们的指挥加入这个计划吧！跟我们一起烧光腐海，让这片大地复苏重生！我们已经把过去人类统治大地所用的神技和力量复活了。对于服从我的人我愿意承诺不用多久他将拥有不必害怕森林毒素和虫类的生活。"

另一方面是如风之谷的祖奶奶所说："不准你们对腐海乱来！腐海存在至今已有千年之久，一直以来不断有人试图要烧光腐海。但是每次都导致王虫群愤怒发狂，爬满地面有如大海啸一般席卷大地。国家毁灭城镇被吞噬，王虫毫不停歇地奔跑前进一直到精疲力竭衰弱而死。最后王虫的遗骸化为苗床孢子在大地生根，广大的土地再次被腐海所吞没。绝不可以再出手破坏腐海！"

第一种观点看似是正面的，解决腐海问题的唯一办法就是将其烧掉，对于一些观众来讲可以得到暂时的认同。而第二种观点则是负面的，烧掉腐海只会给人类带来灾难和灭亡。

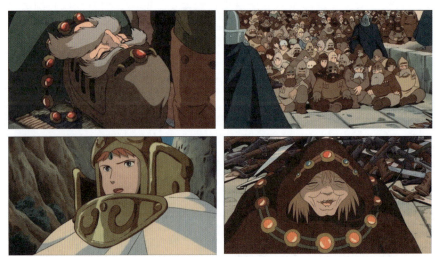

3. 伏笔分晓

库夏娜要将公主娜乌西卡和4个村民带回培吉特作为人质，还要带走村子里所有的东西。犹巴来到娜乌西卡房间发现她没在，于是在小宠物迪多的指引下发现了一条密道。犹巴顺着地道来到一个栽满了腐海植物的房间，娜乌西卡正趴在桌子上，他得知原来娜乌西卡公主将搜集来的植物种在这个房间里，而且这些植物不会散发有毒的瘴气，因为这里的水是从地下500米深处抽上来的。娜乌西卡公主发现只要水土干净就算是腐海的植物也不会散发毒气，真正受污染的是土地。腐海的谜团似乎在这里被揭开了，可是娜乌西卡公主明天就要被军队带走。

早在第一幕时我们就看到娜乌西卡到腐海森林收集植物样本，之后她就对犹巴老师说过："有个东西想请您看一看，是我的秘密房间哦，你不可以把他说出去，要不然大家会吓坏的。"从而使观众产生了悬念，之后在第二幕时才见分晓。只要故事从头至尾充满着悬念，观众通常就会坚持把电影看完。好的作家知道如何制造悬念，而最好的作家知道如何延长它。

契机

娜乌西卡公主和4个村民坐着多鲁美奇亚军队的飞船离开风之谷,在途中他们遭遇了一个名叫阿斯贝鲁的培吉特人的空袭,并全军覆没。而阿斯贝鲁也被多鲁美奇亚军队的飞机击中。这给娜乌西卡逃跑创造了一个有力的契机,而这个名叫阿斯贝鲁的培吉特人在影片后半部分也有很重要的出场位置。在此也制造出一些悬念,那个人为什么要突袭多鲁美奇亚军队?他是来救娜乌西卡的吗?

4. 两难之择

主人公如何选择便是对其人性以及他所生活的世界的一个强有力的表现。当娜乌西卡坐上飞机准备逃离将要坠毁的飞船时库夏娜出现了,她身陷火海。而娜乌西卡面对的是一个杀害自己父亲、占领整个风之谷并将她作为人质的仇人。这可是她报仇的机会,杀了库夏娜就可以为父报仇了。杀她还是救她?两个都是娜乌西卡不愿意做的事情,最后娜乌西卡救了库夏娜。因为娜乌西卡更不愿意看到再有人死，虽然这个人是自己的杀父仇人。通过救库夏娜这场戏揭示出了娜乌西卡的真实本性，她对世间万物的这种博爱精神，这也是作为后来她成为拯救世界的救世主奠定的一块基石。

5. 中间点

电影的剧本可以分为两半，在影片第55分钟左右是两半之间的界限。电影的中间点要么是主人公表面上达到最高的"顶峰"，但可能是伪胜利。要么是主人公周边世界塌陷的"低谷"，有可能是伪失败。从终点开始事情只往好的方向发展。在娜乌西卡和村民还有司令官库夏娜因飞船坠毁落入腐海王虫巢穴时，引来了大批的大王虫，他们被王虫包围。娜乌西卡用她那神奇的力量换来大王虫的信任，大王虫们退去，保住了大家的性命。在中间点出现的这一事件并不是偶然巧合，而是需要我们精心的设计合理的安排。早在影片第一幕和第二幕衔接点中就已经设计好铺垫。例如，娜乌西卡用闪光弹和虫笛帮助犹巴老师脱险并驯服大王虫回家；她用惊人的胆量和意志力将受惊吓的狐松鼠驯服，并成为她的忠实小伙伴；她还帮助那只受伤的牛虻虫重返家园。中间点是前面娱乐游戏故事结束的地方，从这个地方又开始回到故事。

6. 重大发现

对于大地这一要素，我们从宫崎骏作品中出场的地下空间来看一看。宫崎骏很多部影片将"大地"延伸为"地下空间"，作为故事的转折点。

在影片《风之谷》中，坠落剧毒泛滥的腐海底的娜乌西卡和阿斯卑鲁，他们被流沙淹没，落入地下空间。当他们恢复意识，发现那里是一个有着白沙、充满清静安全的空气和水的地方。娜乌西卡还发现了一个令人惊异的事实，原来腐海里的植物正净化着大地的毒素。这正是故事的转折点所在，由此他们又重返大地，展开新的故事情节。

在影片《天空之城》中，被军队和海盗多拉一家追赶的巴斯和希塔，从崩溃的高架桥上坠落。可就在途中，他们发现飞行石的力量，两个人落入废井坑中，那是敌手无法追击的安心之地。在那儿，他们得到一位舍去尘世又颇有贤人风度的名叫波木的地下伯伯的启示，得知天空都市和飞行石的关系，从此开始对天空之城的追求。

在影片《龙猫》中，妹妹小梅独自在院里游玩时，发现两只奇怪的动物，便尾随而去，结果掉进巨树根处的洞里了。就跟滚面团似的，经过细细的通道，落到地下空间里。在那儿，小梅发现了那个叫龙猫的东西。通过这么一次接触，现世的孩子和异界的"居民"，开始了心、物两面的交换。

无论哪一个故事，都在地下空间里迎来大的展开。宫崎骏动漫中就像到处都鸣响着"诱导"一样，这个主题不断地重复出现。在大地的深处，作品的主人公们就像是逆着大地母亲的产道，重新踏回地下空间。这就是宫崎骏世界的特异之所在。

7. 坏蛋逼近

巨神兵即将复活；娜乌西卡得知培吉特残余为了从多鲁美奇亚军队中夺回巨神兵，将大批愤怒的王虫引向风之谷；库夏娜逃跑成功，她与军队会合之后和风之谷的村民展开了一场激烈的搏斗。

8. 一无所有

风之谷村民反抗失败，娜乌西卡被培吉特的残余关押起来。我们知道这时的"顶峰"或"低谷"是相对的，这也是很多具有"伪失败"剧本中的终点，因为虽然看起来一切都是黑暗的，但这只是暂时的。表面上看起来，主人公娜乌西卡必须像是彻底失败。她生活中的各个方面都已经一团糟了，伤痕累累，没有希望。

9. 黎明前的黑夜

培吉特的残余以小王虫作为诱饵将腐海森林里的大批王虫引向风之谷。娜乌西卡为阻止培吉特残余做出牺牲，她身中两枪仍奋力去保护身受重伤的小王虫。观众必须看到这个节拍，这是主人公娜乌西卡亲历死亡气息的感受。这是黎明前的黑暗，这是主人公刚好还没找到正确方法的时候，还处于深渊，这个阶段之后就会想出拯救自己及周围所有人的主意。但这一切在"黑夜"时还看不见希望。

7.1.3 第三幕衔接点

第三幕衔接点是影片的解决方案。巨神兵复活，库夏娜带领军队一起烧掉大批王虫，但仍未能阻止王虫的前进。看似强大的巨神兵，其实只不过是外强中干而已，没开几炮就变成一摊烂泥骸骨，反而使王虫群更加愤怒。而娜乌西卡带着受伤的小王虫出现在愤怒的王虫群面前试图阻止，但是愤怒的王虫群将娜乌西卡和小王虫撞飞，并没有因此停止前行。这是第一故事和第二故事中主人公相交在一起的时刻，娜乌西卡和库夏娜都认为自己能够成功，通过所有的考验，深入挖掘并找到了解决方案。现在她们要做的就是实施解决方案。

1. 结尾

结尾部分是第三幕。这是影片结束的地方。这是主人公娜乌西卡在第一故事和第二故事中胜出的地方，是由她实现颠覆旧世界和创造新世界的地方。正在这时突然王虫群停了下来，它们将娜乌西卡公主围住，它们伸出金色的触须将公主托起。王虫用那神奇的力量将娜乌西卡公主救活，当公主醒来发现自己正躺在金色的草原上，这也印证了祖奶奶说的那个神话故事："这个人身穿蓝色长衣，飘然降临在一片金色的大草原上。身系连接着即将失落的大地的羁绊。最后终于带领着人们走向湛蓝清净的地方。"

2. 终场画面

王虫群离开风之谷，天空变得明朗。库夏娜也带领军离开风之谷。村民不用每天带着防毒面具生活在恐惧中，他们引来干净的水，重新种植树林。娜乌西卡教小孩们使用飞行器，腐海中的瘴气也消失得无影无踪。这是重大的变化。

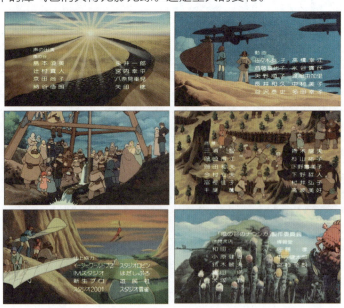

7.1.4　潜藏的含意

在日本作家青井汜的《宫崎骏的暗号》一书中曾这样写道，影片《风之谷》在接近尾声时，数十万头的王虫排山倒海，震天动地地向风之谷突进，居民们只能眼睁睁看着，毫无办法。只有一个人，祖奶奶完全理解了。她低声地说："王虫的发怒就是大地的发怒。"宫崎骏是想让人们留下"王虫就是大地之精灵"的印象。是什么唤起了大地的化身王虫呢？那么，原先是什么让王虫异形进化的呢？

这是由巨神兵带来的"七日之火"，那是巨神兵将整个世界烧于灰烬的最终战争。这是与核战争相类比的，宫崎骏对核的描写并不是炫目的白光，而是拘泥于火的红光。连影片开头的字幕背景也插入了徘徊在熊熊燃烧的都市里的巨神兵。

数十万年前，从猿人取到火的那一天开始的产业文明，最终消失于火中。火是科学技术的象征，也是带给大地创伤的元凶。整个世界都包围在红色火光中的"七日之火"在告知人们文明终结的同时，也告知了人们腐海扩大时代的开始。大地精灵王虫君临天下的时代，实际上是火红色所招致的。

于是在千年后，人们认为应该粉碎王虫的突进，于是将巨神兵从地中驱赶出来。这个远远未完成的最后的巨神兵，从它的口中滚滚流出了如火山爆发时流出的岩浆一般的烧身之火。人们惊叹其威力，大地之怒的王虫以压倒一切之势，逼迫而来，结果巨神兵自毁其身。正所谓"红色"（巨神兵、火）引出了"大地精灵"（王虫）。巨神兵出生的火，不正是引出大地精灵的先锋之色吗？

五行思想

五行思想源于中国，世间万物均可以分为金、木、水、火、土这五种元素。不仅生物如此，天地间之所有都可以分属于这五种元素的其中一种，作为这些元素的基本法则，存在相生与相克的作用。

所谓"相生"，就是按顺序产生相加的关系。例如，木可以生火，叫作木生火，接下来就可以有火生土、土生金、金生水、水再生木的顺序。也就是说火使木燃烧，燃成的灰又成为土，金属类产生于土中，金属表面会生出水，有了水才能使树木生长。

相反的顺序则是相克对方，也就是相减的关系。木克土、土克水、水克火、火克金、金克木。也就是说，木将土中的养分吸取，土可以阻止水流，当然水可以消火，火可以化金，金属做的斧头可以砍倒树木。

这样的五行思想驱动着宫崎骏的作品，并且正是作品产生"真情"的策划手法之一。只有读懂了宫崎骏动漫中潜藏的"内部"，才能咀嚼出表面故事中的新意。在宫崎骏作品中，有很多都是围绕五行思想的地下水脉来扩张的。如此色彩与自然要素的关系，我们不能一看而过，一定有什么深藏其中。

"这个人身穿蓝色长衣，飘然降临在一片金色的大草原上。身系连接着即将失落的大地的羁绊，最后终于带领着人们走向湛蓝清净的地方。"

从"风之谷"城上装饰的旗面图案来看，预示着救世主即将登场的图画，在影片前半部就介绍出来。就是通过这幅"绘图"，演示出了《风之谷》的终结：在无数王虫群面前，娜乌西卡只身一人站立着。在凶猛前进的王虫群中，当然她会被撞飞到空中，被踩灭消失。谁都确信她是必死无疑了。可是，就是那一瞬间，王虫的汪洋大海静止了下来。

时间静静地流逝。没过多长时间，王虫门将娜乌西卡团团围住，伸出无数金色的触角，将大地精灵所拥有的治愈力，从触角须端注入她的体内。又将她整个地托起，那无数只触角形成一个高空中的金色草原，在那上面她由死复生。于是穿着蓝色长衣的娜乌西卡展开双手，摇摇晃晃地走了起来。

正是"这个人身穿蓝色长衣，飘然降临在一片金色的大草原上"，最后终于带领着人们走向湛蓝清净之地的娜乌西卡，降落在金色的原野上了。

那么，五行思想中，金色（黄）是代表土气（象征大地）之色。娜乌西卡是木气（象征生命）的意思。树木发根，从土地中吸取养分之理，在五行思想中是"木克土"。

也就是说，在此娜乌西卡与王虫的关系，娜乌西卡=生命=木气，王虫=黄色=土气。木气从土气中得到养分，从而复活。在此五行思想的元素（土、木等）和颜色的关系也是成立的。

"这个人身穿蓝色长衣，飘然降临在一片金色的大草原上"的这个传言，是由五行思想做基石写成的，也就是说《风之谷》的结尾是由五行思想引导出来的。

7.2 《机器人总动员》剧本结构分析

《机器人总动员》是2008年由安德鲁·斯坦顿编导，皮克斯动画工作室制作、迪士尼电影发行的电脑动画科幻电影。故事讲述地球上的清扫型机器人瓦力爱上了女机器人伊芙后，跟随她进入太空历险的故事。该片普遍被人们认为是讽刺美国人的生活方式，包括肥胖、环境破坏、消费主义、领导能力等问题。该片全球票房超过5.2亿美元，获得第81届奥斯卡最佳动画长片奖。

7.2.1 似而不同

为了避免陈腔滥调，尤其是要区别于同一题材类型的影片，作为创作者我们应该从创意到人物再到场景都必须有一个全新的虚构。从故事的题材背景上来讲《风之谷》与《机器人总动员》都是写数千年后人类巨大产业文明崩溃之后对大自然造成的严重破坏，导致人类不得不每天戴着防毒面罩生活，要么就坐着宇宙飞船到遥远的外太空生活。

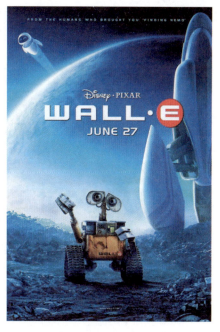

虽然两部影片的故事背景有些相似，但是从创意、人物以及场景却大相径庭。《风之谷》是以揭开腐海之谜，拯救风之谷的村民和国王为戏剧性目标。主人公娜乌西卡生来就是个救世主，影片赞扬的是真、善、忍和她对宝贵生命的珍惜，以及她那种对世间万物的博爱精神。而《机器人总动员》这部影片则是以瓦利与伊芙的爱情作为驱动力量，瓦利生来就不是个大英雄，也没有重大的使命等着它去解决。它不但要活着，并且还要忍受寂寞与孤独，清理再过万年也能不完的垃圾。由此看来，故事的底色未免略显酸涩。在这点上它可没有娜乌西卡那么神圣伟大。瓦利给人们留下更多的是它的那种天真、可爱、善良、执着、浪漫、好奇心强，和不惜一切为爱闯天涯的精神，塑造出了一个典型的天真可爱的大男孩形象。这或许多多少少对当今社会人与人之间的那种不信任、冷淡，和对爱情的不忠做了一番反讽。

7.2.2 第一幕

1. 开场序幕

开场是以男声独唱的方式带我们进入浩瀚的宇宙外太空，镜头穿过无数的太空垃圾来到地球上空，从远处望去都是摩天大楼。但定睛一看，这些摩天大楼却是用无数生活垃圾堆积起来的。直到镜头里出现机器人关掉录音机，我们才知道开场音乐是从它那里放出来的。主人公瓦利是一个地地道道的"清道夫"，我们之前看到的那些"摩天大楼"都是出自瓦利之手。与它为伴的是一只人人喊打的小强，这也许是地球上的唯一幸存者。之后片名影片《机器人总动员》出现。开场是用来传达给我们这部影片的第一印象，是用来设定情绪、基调、类型、风格和影片的整体走向。看过这些画面后我们谁都会想到两个字，那就是"环保"。

2. 主题呈现

地球上无数垃圾废品，瓦利在地球上待了700年，成了唯一的瓦利，它依旧日复一

日地努力工作,早晨起来时左右摇摆如刚睡醒的样子,穿上履带后到屋顶晒太阳充电,然后带着自己的宠物蟑螂小强继续一天的工作。分装废品,把压成块的垃圾整齐地堆放。在这枯燥的工作中乐趣就是收集自己感兴趣的东西,放进背包,例如刀叉、打火机、魔方玩具等。在全息影像中BNL公司领袖为我们展现了人们在外太空的全新生活方式:"看看你面前的是什么?外太空有很多空间,坐上太空船,飞去外太空,好运就在你的前头。科技明星真理号,它能完全改变你的生活方式,全天候服务包括我们的机组人员,你可以一边聊天一边娱乐,我们有很多的按摩椅,就连奶奶都能享受一番,没有限制。因为BNL的宗旨是,开拓人类新领域。"沙尘暴成了定期发生在地球上的自然景象,这里不再是属于人类的地球。

3. 催化剂

瓦利看到地上有一个红色的光点,于是它跟随着这个红色光点移动,之后才得知那红色光点是飞船降落时的信号,要不是它躲闪及时,早就被飞船引擎喷出的火焰融化掉。正如我们之前在全息影像上看到的,一艘宇宙飞船降落在地球上。催化时刻并不像表面那样,它是好消息的对立面。在太空冒险之前,催化时刻却是把主人公瓦利引向快乐的东西,就是之后瓦利与伊芙之间的爱情故事。

4. 遇见伊芙

悬念:这天伊芙来到地球上,正巧被瓦利碰见,它们之间会发生什么?它们会就此走到一起吗?

伊芙是现代高科技的产物,而另一个是可以随便拆卸的"清道夫"机器人。伊芙看上去可不是那么好接近,它的警惕性极高,身上带有超强的激光炮,可以瞬间让眼前的一切消失得无影无踪。瓦利如一只机器狗一样战战兢兢地跟在伊芙身后,可见这个白色蛋形机器人对它的吸引力有多强大。它不顾枪林弹雨,冒着生命危险用各种方式接近并讨好伊芙。最后还要感谢日复一日的自然景观"沙尘暴",它为瓦利接近伊芙创造了一个有利的契机。整个段落可以分为4小段落,初见伊芙—尾随伊芙—第一次牵手—走近瓦利的生活。

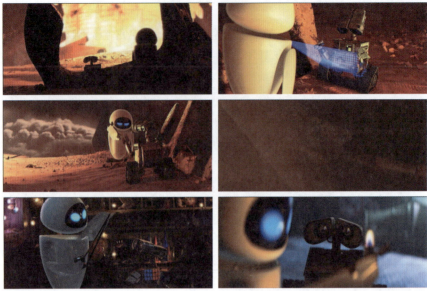

7.2.3 第二幕衔接点

当伊芙看到那盆绿色植物后，它的反应异常强烈，先是打开储藏箱，将植物放入自己的身体里。然后就如同断了电一样一动不动地待在那里，任凭瓦利怎么叫也不醒。

1. 娱乐游戏

我们为什么来看这部电影？电影创意怎么样？好不好看？娱乐游戏部分回答了这些问题。娱乐游戏部分是剧本中最精彩的地方，这是电影海报中的核心部分，这是电影预告片中的主要镜头来源。

瓦利为了救伊芙先是来到房顶上在阳光下充电，然后是雷击、电击。可是伊芙就如同一颗白垩纪时期的恐龙蛋化石一样一动不动地待在那里。不管走到哪里瓦利都带着伊芙一起，划船、看日落、玩游戏机。在当今社会如果我们的爱人瘫痪了我们会像瓦利一样吗？这也许又是影片制作者对当今社会现象所做出的一番反讽，深深地埋在了这浪漫逗趣的情节里。

直到伊芙被突然降落在地球上的宇宙飞船带走，瓦利奋不顾身地爬上宇宙飞船，从此也开始了它的外太空冒险之旅。

瓦利来到真理号，就好像一个乡下人来到了现代都市一样。清洁机器人小MO看到脏兮兮的瓦利便一遍一遍不辞辛苦地给它做清洁，瓦利走到哪儿它就擦到哪儿。瓦利还友好地与遇见的每个人打招呼，包括Mary、John、船长、开门机器人等。

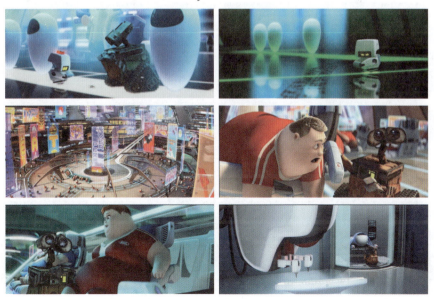

2. 中间点

原来伊芙是5年前被派到地球上的探测小队，根据全息影像得知人类已经离开地球700年了。伊芙被带到指挥舱，船长发现和每次回来检测到的不同，他按下带有绿色标志的按钮，全息影像告诉船长返回地球的计划已经启动。

3. 坏蛋逼近

悬念产生：当船长拿起手册按照里面的步骤执行返程程序时，却发现放在伊芙的储藏箱里的那个绿色植物不见了。

船长让伊芙去和瓦利去维修室做清洁，在那儿瓦利遇见了许多故障机器人，如按摩机器人、移动雨伞机器人、美容机器人、吸尘器机器人，还有满地画图画的机器人。而瓦利却因为不小心走火将它们放了出来，瓦利如英雄一样被这些故障机器人举起来满街跑，直到遇见警卫拦截，它们就像随手扔掉一个破烂玩具一样将瓦利丢下，而且还有一个小机器人将瓦利推了出去。上一秒还是被举得高高在上的大英雄，下一秒就变成被大家指认的犯罪分子。这多少对现今的社会现象有所指。

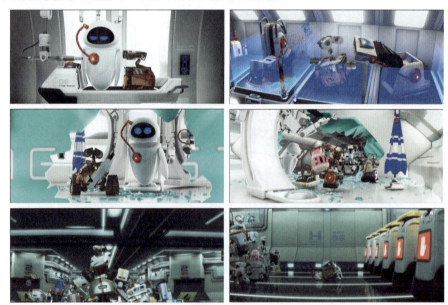

由于瓦利放走这些故障机器人导致它和伊芙被士兵通缉。伊娃带着瓦利四处逃跑，它们来到飞行舱，伊芙要将瓦利送回地球，可是瓦利不想回去，它要留在自己的爱人身边。这是内部分歧瓦解的时机。正在这时碰巧发现了船长的副官机器人拿着那盆丢失的绿色植物，它正准备将植物放到飞行舱销毁。瓦利跑进即将爆炸的飞行舱，奋不顾身地将植物保住。在返回真理号的途中，它还与伊芙上演了一出浪漫的华尔兹式的太空舞，这还都要归功于瓦利之前在地球上玩那只灭火器。伊芙回到真理号把植物交给船长，并让瓦利先躲起来。可是当船长准备返回地球的时候却遭到红眼舵的阻挠。

　　揭示：原来是红眼舵指使副官机器人将那盆绿色植物偷走，然后找地方销毁掉好让船长的回程计划落空。

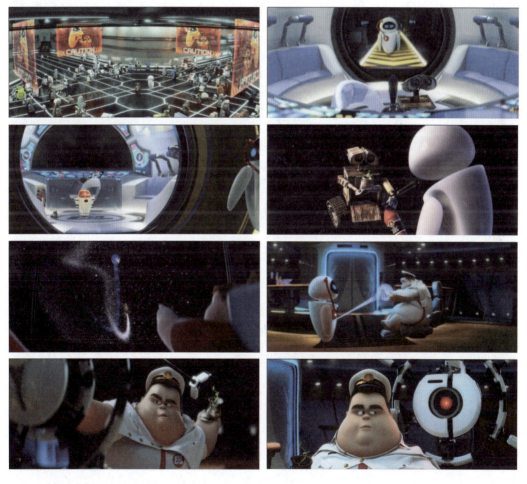

4. 一无所有

　　副官机器人将植物丢进垃圾箱，正巧瓦利从垃圾管道爬上来接住了绿色植物，瓦利为了保护那盆绿色植物被红眼舵用电击倒后扔进垃圾管道。伊芙也被副官机器人丢进垃圾管道，船长被红眼舵锁在房间里。一无所有是剧本中的伪失败，表面上看起来，主人公必须像彻底失败。虽然看起来一起都是黑暗的，但是只是暂时。

5. 黎明前的黑夜

　　机器人小MO这个小角色设计得非常有意思，只要瓦利走过的地方它都要擦一遍。这导致小MO随着瓦利走过的痕迹来到了垃圾站，当它发现瓦利和伊芙陷入困境时便及时出手相助。伊芙从垃圾堆中找来各种芯片给已经瘫痪的瓦利，但似乎都不合适。瓦利还拿出绿色植物交给伊芙，可伊芙现在只想怎么救活瓦利，它把植物扔到一边。瓦利艰难地挪动脚步将植物捡起交给伊芙，当瓦力从口袋里面掏出打火机时，伊芙才顿时醒悟，只有回到地球才能找到瓦利身上的电路板。这里衔接了第三幕的解决方案，为返回地球所采取的行动。"黎明前的黑夜"是用来描述"一无所有"时的死亡气息的具体感受，黎明前的黑夜，是主人公还没找到正确方法的时候，还处于深渊，这个阶段之后就会想出拯救自身及周围所有人的主意。

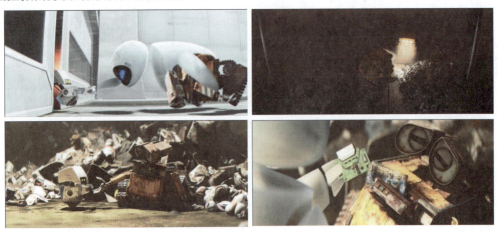

7.2.4　第三幕衔接点

解决方案，伊娃明白要想救瓦利必须返回地球才能找到瓦利需要的电路板。伊芙带着瓦利和小MO逃出垃圾站，故障机器人看到伊芙和瓦利回来，并随它们一起行动。真理号船长发现瓦利和伊芙拿到植物，而植物已经发芽。船长通过全息影像告诉伊芙把植物放到孕育中心。它们现在要做的就是实施这套解决方案。

1. 结局

伊芙带领故障机器人解决掉全部卫兵，这还要感谢瓦利之前将他们从修理室救了出来，船长启动返程程序，并将副官机器人消灭。红眼舵将真理号船体倾斜，并按下按钮收回培育中心，企图阻止返回地球。这时瓦利用全身的力量将培育中心顶住，红眼舵用力按下按键，瓦利因支撑不住被压扁。正在危急关头船长重新站了起来，他最后将红眼舵的电源关掉。小MO找到了绿色植物，伊芙将植物放入培育中心后救出被压扁的瓦利。真理号启动返航程序回到地球，伊芙带着奄奄一息的瓦利回到之前的住所找到配件，迅速地将瓦利修理好。可瓦利似乎失掉了全部的记忆，伊芙紧紧扣住瓦利的手，并放点音乐让瓦利恢复记忆，最后瓦利说出了伊芙的名字。

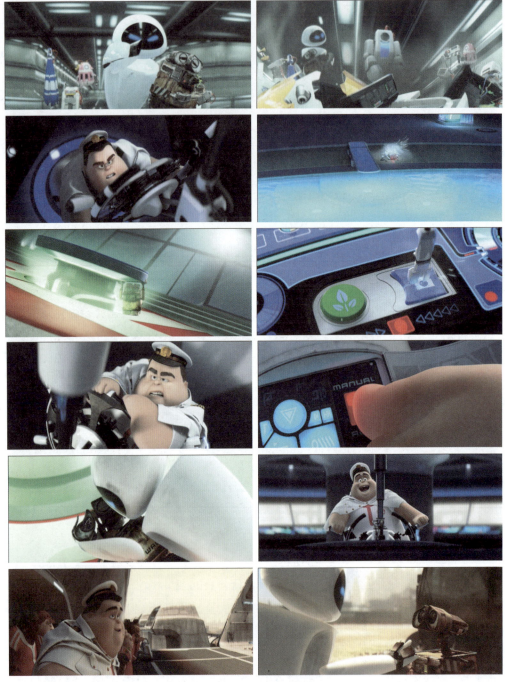

2. 终场画面

《机器人总动员》的终场画面和开场画面相反，人们都重新站了起来，开始播种植物。瓦利不再孤独寂寞，不仅有爱人伊芙在身边陪伴，还多了好多新的伙伴。垃圾堆成的摩天大楼消失了，地球上长出了大片的绿色植物，发生了相当大的变化。

7.2.5 核心问题

《机器人总动员》为我们详细描绘了未来人类的外太空生活，当我们深入了解影片中人们在真理号上的生活时，恐怕没人会觉得这样的幸福值得拥有，这简直就是人类的大不幸。我们看到John不慎跌落躺椅，但却无法依靠自己的力量移动一步，只能躺在地上等待救援，完全丧失了自理能力。在影片第三幕处，船长为关掉红眼舵的电源必须站起来走过去，一个看起来如同我们平时出门关灯的动作，可他却费劲了九牛二虎之力。

未来高科技发展与人类身体机能结构退化是影片的核心问题。居住在真理上的人们每天只需要坐在一个悬浮的躺椅上，它可以全自动移动，完全都是智能化的。只需一声口令，一切都会按照你的要求去实现。就连突然间的"翻车"也会立刻得到相应的解决，这一切不需要任何复杂的操作。人们每天只需坐在躺椅上面对一块全系屏幕，就可以解决日常生活中所有的需求。如此幸福的生活带来的一个外部特征就是人类身体技能结构的退化。

7.2.6 人物设定

1. 瓦利

瓦利是一个生活在地球上的"清道夫",每天的工作就是清理地球上再过万年也清理不完的垃圾。从外形设计上来看,瓦利的头部几乎被一双睁着大大的眼睛占去全部,从中流露出一种天真、善良和无辜。身体中间是一个黑乎乎、脏兮兮的土黄色的方盒子,从里面还传出老电影的主题曲,不过这可是瓦利平日清理垃圾时的重要工具,拿到现今社会来讲那可是一技之长,再怎么着也能混个铁饭碗吧。瓦利的两只脚如同坦克车的履带一样,每天工作完成回到家中卸下履带,白天起床后再将它穿上,然后到楼顶打开太阳能板充电。

瓦利每天回家都要整理自己收集回来的东西,将这些东西分类摆放在架子上。当它捡到好奇的东西就停下来研究一番,它与伊芙上演的那场外太空的华尔兹舞,也与它之前在地球上玩儿那只灭火器有关。

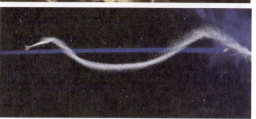

每当瓦利遇到危险时就将头脚缩进身体中间的方盒子里,然后不停地颤抖,危险过后它就慢慢地将头伸出来观察周围的动向。当它遇见自己心爱的伊芙时,就如同一只机器狗一样跟在主人的后面不离不弃。总的来说瓦利就是缩头乌龟和机器狗的结合体,再加上从人类身上学到的如何去创造浪漫爱情的基因,这些还要归功于《你好多莉》那盘录像带的教导。

2. 伊芙

伊芙是人类产业文明到达一定高度的高智能机器人,从外形和功能方面它可比瓦利要先进得多。那椭圆形的白色外壳,几乎看不到一点缝隙,从它那黑色的脸颊里透出一双幽蓝的眼睛。伊芙就如同我们现在使用的苹果公司的产品一样,表面精细平滑,却又有强大的功能藏于其中。例如瓦利根本不知道魔方怎么玩儿,而伊芙却在转眼间就将魔方弄好。当伊芙遇到危险时,激光炮就从她的手中变了出来,扫清眼前的一切障碍。当她放松下来的时候,激光炮就会变成分开的手指。

在伊芙身上有一种女强人的感觉，多少有点像《古墓丽影》里的女主人公劳拉的性格，一个典型的机器人版的大姐大。但是在爱情方面它可不如瓦利，都说能力强智商高的人情商很低，这句话完全可以映射到伊芙身上。不过凭借伊芙的高智商和瓦利的细心引导，在影片后面也逐渐发生了改变。

影片对这两个主人公的设计可以用"女强男弱"来概括，我们都知道著名韩国电影《我的野蛮女友》，此片曾红极一时。之后在一些影片和电视剧中也出现过类似这样的套路，而影片《机器人总动员》将这一套路巧妙地挪用了过来，我们要从中学习和领悟到"似而不同"这4个字的真谛。

考试题库

一、单项选择题：在每小题的备选答案中选出一个正确答案，并将正确答案的代码填在题干上的括号内。

1. 2011年最佳奥斯卡动画短片是(　　)。
   A.《神奇飞书》　　　　　　　　B.《回忆积木屋》
   C.《丹麦诗人》　　　　　　　　D.《彼得与狼》

2.《飞屋环游记》是皮克斯在(　　)年发行的热门大片。
   A. 2011　　　　　　　　　　　 B. 2010
   C. 2012　　　　　　　　　　　 D. 2009

3. 系列动画片《猫和老鼠》是由制片人费雷德·昆比、导演威廉·汉纳及约瑟夫·巴伯拉于(　　)年创作的。
   A. 1938　　　　　　　　　　　 B. 1937
   C. 1939　　　　　　　　　　　 D. 1936

4. 下面(　　)这部影片是日本动画巨匠宫崎骏先生的成名作，1984年在日本公映时引起了轰动。
   A.《悬崖上的金鱼公主》　　　　B.《百变狸猫》
   C.《起风了》　　　　　　　　　D.《风之谷》

5. 日本系列动画片《灌篮高手》是日本漫画家(　　)的励志漫画作品。
   A. 井上雄彦　　　　　　　　　 B. 臼井仪人
   C. 宫崎骏　　　　　　　　　　 D. 青山刚昌

6.《机器人总动员》是(　　)年由安德鲁·斯坦顿导演的。
   A. 2007　　　　　　　　　　　 B. 2008
   C. 2009　　　　　　　　　　　 D. 2006

7. (　　)不属于惩罚类型的动画。
   A.《猫和老鼠》　　　　　　　　B.《倒霉熊》
   C.《爆笑虫子》　　　　　　　　D.《野蛮人罗纳尔》

8. 下面哪个关于体育竞技类型动画的描述是不正确的？(　　)
   A. 这类影片多以机器人作为影片的重要角色
   B. 一般在这类影片中都有"魔鬼"教练这种角色
   C. 一般在这类影片中都有强大的对手这种角色
   D. 核心要表现的是"励志"这一主题

9. 下面哪个关于犯罪侦探类型动画的描述是不正确的？（ ）

　　A. 在犯罪类型中必须有一项犯罪

　　B. 犯罪必须在故事讲述过程的早期发生

　　C. 让这些人物不顾一切地去杀怪物

　　D. 必须有一个侦探人物，无论是专业的还是业余的

10. 下面哪个关于超级英雄类型动画的描述是不正确的？（ ）

　　A. 愿意为小人物和弱势群体解决问题

　　B. 英雄完全被控制在坏人手中

　　C. 超级英雄一定要得到真正的胜利

　　D. 赋予主人公以高尚品德和同情心

11. 故事理论最早起源于（ ）。

　　A. 美国　　　　　　　　　　B. 德国

　　C. 希腊　　　　　　　　　　D. 中国

12. 自两千三百年前亚里士多德创作（ ）以来，故事的奥秘就如同大街上显眼的图书馆，众所周知。

　　A.《形而上学》　　　　　　B.《诗学》

　　C.《修辞学》　　　　　　　D.《亚历山大修辞学》

13. （ ）即故事产生于主观领域和客观领域的相交之处。

　　A. 情节　　　　　　　　　　B. 故事结构

　　C. 电影弧光　　　　　　　　D. 故事鸿沟

14. 故事始终必须向前发展，它将沿着一条路径、一个方向、一条从开端到结尾的发展路线，我们称之为（ ）。

　　A. 故事主线　　　　　　　　B. 故事结构

　　C. 故事方向　　　　　　　　D. 故事脉络

15. 故事讲述的第一个重大事件，是一切后续情节的首要导因，称为（ ）。

　　A. 进展纠葛　　　　　　　　B. 情境脉络

　　C. 故事鸿沟　　　　　　　　D. 激励事件

16. （ ）不要仅仅让他们起到推动故事的作用，还要让他们引人注目，赋予他们鲜明的态度，再使他们做点有趣的事。

　　A. 人物　　　　　　　　　　B. 小人物、小角色

　　C. 角色　　　　　　　　　　D. 主人公

17. 任何东西，只要能被给予一个自由意志，并具有欲望、行动和承受后果的能力，都可以成为（ ）。

　　A. 人物弧光　　　　　　　　B. 场景

　　C. 主人公　　　　　　　　　D. 故事主线

18. 故事中人物所经历某种形式的变化或转变,被好莱坞编剧教父罗伯特·麦基定义为( )。

    A. 人物弧光　　　　　　　　　　　B. 人物鸿沟

    C. 人物内心　　　　　　　　　　　D. 人物情感

19. ( )是指像"观众",在主人公的内心深处,观众发现了某种共通的人性。

    A. 情感　　　　　　　　　　　　　B. 欲望

    C. 不自觉　　　　　　　　　　　　D. 移情

20. 一个成功的主人公往往不仅只有一个自觉的欲望,还会有一个( )。

    A. 双重性格　　　　　　　　　　　B. 不自觉的欲望

    C. 多重性格　　　　　　　　　　　D. 移情作用

21. 影片中的语言包括哪两大类?( )

    A. 潜台词和对白　　　　　　　　　B. 旁白和内心独白

    C. 内心独白和潜台词　　　　　　　D. 对白和旁白

22. 一个场景必须统一在( )周围。

    A. 欲望、动作、冲突和变化　　　　B. 冲突、动作、鸿沟和激励事件

    C. 鸿沟、弧光、主人公和情感　　　D. 欲望、主人公、弧光和动作

23. ( )是人物行为中动作和反应的一种交流。

    A. 情感　　　　　　　　　　　　　B. 节奏

    C. 节拍　　　　　　　　　　　　　D. 行为

24. ( )导致较小而又意义重大的变化。

    A. 幕　　　　　　　　　　　　　　B. 节拍

    C. 序列　　　　　　　　　　　　　D. 场景

25. 电影编剧的责任就是在前( )之内将剧本故事建立起来,从而能使故事的基本信息得以确立。

    A. 前5分钟　　　　　　　　　　　 B. 前10分钟

    C. 前15分钟　　　　　　　　　　　D. 前20分钟

26. 影片最后一幕表面上看起来,主人公必须像是彻底失败并且没有希望,我们称之为( )。

    A. 黎明前的黑夜　　　　　　　　　B. 伪胜利

    C. 一无所有　　　　　　　　　　　D. 假结尾

27. 观众只能看到人物的行为,而看不到他们的( )。

    A. 思维　　　　　　　　　　　　　B. 关系

    C. 内心　　　　　　　　　　　　　D. 情绪

28. 与主人公对立的( )越强大越复杂,人物和故事必定会展现发展得最充分。

    A. 负面力量　　　　　　　　　　　B. 对抗力量

C. 坏人 D. 事件

29. ( )驱动一个故事，使有动机的动作导致结果。
   A. 情节发展 B. 激励事件
   C. 对抗原理 D. 因果关系

30. ( )就是简单的精神画面，它向观众保证影片很有意思。
   A. 场景 B. 闪回
   C. 噱头 D. 情节

二、多项选择题：在每小题的备选答案中选出二个或二个以上正确答案，并将正确答案的代码填在题干上的括号内。

1. 动画剧本大致可以分为哪几种形式？( )
   A. 实验动画短片 B. 连续动画片
   C. 系列动画片 D. 影院动画片

2. 哪些属于系列动画片？( )
   A.《猫和老鼠》 B.《灌篮高手》
   C.《倒霉熊》 D.《蜡笔小新》

3. 哪些属于连续动画片？( )
   A.《冰河世纪》 B.《七龙珠》
   C.《灌篮高手》 D.《太空堡垒》

4. 哪些属于影院动画片？( )
   A.《风之谷》 B.《千与千寻》
   C.《功夫熊猫》 D.《小鹿斑比》

5. 哪些影片属于成长类型？( )
   A.《狮子王》 B.《我在伊朗长大》
   C.《小鹿斑比》 D.《萤火之森》

6. 哪些影片动作冒险类型？( )
   A.《僵尸新娘》 B.《丁丁历险记》
   C.《马达加斯加》 D.《冰河世纪》

7. 哪些影片属于超级英雄型？( )
   A.《功夫熊猫》 B.《闪电狗波特》
   C.《超级特工队》 D.《复仇者》 E.《僵尸新娘》

8. 哪些影片属于麻烦家伙类型？( )
   A.《别惹蚂蚁》 B.《快乐大脚》
   C.《四眼天鸡》 D.《鲨鱼黑帮》

9. 下面哪些关于家庭生活型的描述是正确的？( )

A. 多以家庭生活作为故事背景

B. 将平时发生在我们周围的事情进行夸张处理

C. 捕捉生活中的矛盾冲突

D. 以幽默搞笑的方式呈现出家庭生活中的温馨

E. 在角色对白方面都以生活中的常态出现

F. 但又不失一些戏剧性冲突的夸张语言和动作情节

10. 哪些影片属于如愿以偿类型？（　　）

  A.《鬼妈妈》　　　　　　　　B.《精灵旅社》

  C.《美食总动员》　　　　　　D.《冲浪企鹅》

11. 下面对情节这一概念描述正确的是（　　）。

  A. 设计情节是指在故事的安全领域内航行

  B. 情节就是作者对事件的选择以及事件在时间中的设计

  C. 经典的情节设计是围绕一个主人公而构建的故事

  D. 设计情节是指在故事的危险领域内航行

12. 一个故事是由以下哪几个要素设计组成的？（　　）

  A. 激励事件　　　　　　B. 进展纠葛　　　　　　C. 危机

  D. 高潮　　　　　　　　E. 情节　　　　　　　　F. 结局

13. 下面哪些对悬念这一概念的描述是正确的？（　　）

  A. 情绪就是悬念的基本要素

  B. 悬念要谨慎使用，因为悬念本身也只是手段

  C. 悬念比任何其他元素都更能影响作品的吸引力

  D. 悬念是关于预期的

  E. 悬念不应该成为目的，它应该是人物经历的附属品

14. 下面哪些对冲突这一概念的描述正确的？（　　）

  A. 冲突要求观众选择立场，决定应该同情谁

  B. 冲突制造裂痕然后为圆满解决铺平道路

  C. 冲突帮助制造悬念

  D. 冲突让作品具有方向感

  E. 冲突可以出乎意料，从而让作品扑朔迷离

  F. 冲突可以让我们了解人物

15. 故事背景包括以下哪几个层面？（　　）

  A. 人物　　　　　　　　B. 时代　　　　　　　　C. 期限

  D. 地点　　　　　　　　E. 冲突层面　　　　　　F. 情节

16. 创作一个出色的人物必须具备哪些要素？（　　）

  A. 人物首先必须要有一个坚定的戏剧性需求

B. 人物在压力之下所做出的选择

C. 人物必须要有一个对事物的个人观点

D. 人物必须要有一个对事物的态度

E. 这个人物总要经历某种事物的转变

17. 下面关于主人公的特点描述正确的是( )。

    A. 主人公必须是一个有意志力的人物

    B. 主人公必须有自觉的欲望

    C. 主人公还可以有一个自相矛盾的不自觉欲望

    D. 主人公必须有至少一次实现欲望的机会

    E. 主人公必须具有移情作用，同情作用则可有可无

18. 下面关于人物塑造方法正确的是( )。

    A. 内心就是自知

    B. 动作就是人物

    C. 给人物一个安身之处

    D. 热爱所有的人物

    E. 负面角色要更强大

    F. 人物就是自知

19. 下面关于小人物、小角色塑造技巧正确的是( )。

    A. 给予每一个小角色一个令人耳目一新的特征

    B. 使这个小角色在荧幕上给观众留下深刻的印象

    C. 不要仅仅让他们起到推动故事的作用

    D. 要让他们引人注目，赋予鲜明的态度

20. 场景的目的分别是哪几个？( )

    A. 确定事件地点　　　　　　B. 确定事件时间

    C. 推动故事向前发展　　　　D. 揭示人物有关信息

21. 转折点的效果是( )。

    A. 惊奇　　　　　　　　　　B. 增强好奇心

    C. 见识　　　　　　　　　　D. 新方向

22. 场景设计的技巧包括( )。

    A. 确定冲突　　　　　　　　B. 确认开篇价值

    C. 将场景分为节拍　　　　　D. 比较结尾和开端价值

    E. 确定转折点的位置　　　　F. 确定情节点

23. 第二幕故事包括哪些关键要素？( )

    A. 衔接点　　　　　　　　　B. 第二故事

    C. 娱乐游戏　　　　　　　　D. 一无所有

E. 中间点　　　　　　　　　　F. 黎明前的黑夜

24. 影片的前10分钟必须确定哪几个基本要素？（　　）

　　A. 故事的内容是关于什么人的，也就是主要人物是谁

　　B. 戏剧性前提是什么，故事的内容是关于什么

　　C. 戏剧性情境是什么，发生行为动作的周围环境是什么

　　D. 推动事件是什么，可以是任何偶然事件、插曲或事情

25. 第一幕要将哪些内容做适当的安排？（　　）

　　A. 人物　　　　　　　　　　B. 对白

　　C. 地点　　　　　　　　　　D. 场景

　　E. 节拍　　　　　　　　　　F. 段落

26. 主人公及其故事的（　　）取决于对抗力量对他们的影响，应与之相当。

　　A. 个人魅力　　　　　　　　B. 智慧魅力

　　C. 社会魅力　　　　　　　　D. 情感魅力

27. 巧合的使用技巧有（　　）。

　　A. 首先故事要尽早引入巧合

　　B. 给予充分的时间来构建意义

　　C. 千万不要利用巧合来转折一个结局

　　D. 巧合不能突然弹入一个故事

28. "展示，不要告知"这一著名的原理描述正确的有哪些？（　　）

　　A. 千万不要将话语强行塞入人物口中，让他们告诉观众有关世界、历史人物的一切

　　B. 观众只能看到人物的行为，而看不到他们的思维

　　C. 潜台词就是隐藏在行为表面之下的真正含义

　　D. 在业内有一条剧本戒律：切忌内心自省

29. 将闪回戏剧化，与其闪回到过去平淡乏味的场景，不如在故事中插入一个微型剧，其中有它自己的（　　）。

　　A. 场景　　　　　　　　　　B. 激励事件

　　C. 进展过程　　　　　　　　D. 转折点

30. 一个好的噱头要具备哪些因素？（　　）

　　A. 好的噱头会抓住人们的眼球，让人们想跑到电影院里

　　B. 噱头必须绽放于观众的脑海，吸引观众去进一步了解

　　C. 噱头就是简单的精神画面，它向观众保证影片很有意思

　　D. 丰富的噱头在影片结局部分必须有转折

三、填空题

1. 一个剧本可以定义为由_____、_____和_____来叙述的故事，并

且将这些安置在_____的情境脉络中。

2. _____被定义为：在当前所处环境中某些因素的刺激下，即时做出的表现、反应或者创作行为。

3. 实验动画短片的叙事结构是被简化了的动画片_____和_____，一般来讲由个人_____、_____、_____、_____。

4. 系列动画片每一集故事都_____，可以任意调换_____，不会影响到剧情的_____。

5. 连续动画片人物的关系会随着_____而发生相应的变化，从而慢慢地揭示出_____。

6. _____大多改自文学作品，如童话、神话和小说。

7. 连续动画片《七龙珠》是日本著名漫画家_____的得意作品。

8. 影院动画片的叙事结构是与_____的叙事结构基本相符，有明确的_____、_____、_____、_____以及一个完整的结局。

9. 故事理论最早起源于_____，几千年来，我们发展出来的_____从未背离过这个理论框架。

10. 一系列_____构成所有要素中最伟大的结构，即_____。

11. _____是对人物生活故事中一系列事件的选择，这种选择将事件组合成一个具有战略意义的_____，以激发特定具体的_____，并表达一种特定而具体的_____。

12. _____创造出人物生活情境中有意味的变化，这种变化是用某种价值来衡量的，并通过冲突来完成。

13. _____是人类经验的普遍特征，这些特征可以从此一时到彼一时，由正面转化为负面，或由负面转化为正面。

14. 故事情节设计的关键就是对主人公在某段经历过程中产生的_____和_____这两大要素进行精心的设计和安排。

15. _____比任何其他元素都更能影响作品的吸引力，它是_____作品的本质，也是对其他元素完美的补偿。

16. _____在我们的日常生活中无处不在，它是世间万物与生俱来的特质。

17. 故事背景有4个方面，即_____、_____、_____和_____。

18. _____是指故事发生在现在，还是在过去，还是想象中的未来。

19. _____是指在人物的生活中，故事的时间跨度是多少。

20. _____是故事在空间中的位置。

21. _____是故事在人类斗争等级体系中的位置。

22. 如果主人公有自觉的欲望，那么他的_____便成为故事线；如果主人公有一个不自觉的欲望，那么这个_____便会成为故事的主线。

23. ＿＿＿＿＿这一概念出自于银幕剧作大师＿＿＿＿＿的故事一书，即故事产生于主观领域或客观领域的相交之处。

24. 人物塑造是通过人物的＿＿＿＿＿和＿＿＿＿＿以及其他形式的特征所表示出来的。

25. 只有当一个人在＿＿＿＿＿作出选择时才能得到揭示——＿＿＿＿＿，揭示越深，该选择便越真实地表达了人物的本性。

26. 故事中人物所经历某种形式的变化或转变，即可以是＿＿＿＿＿的，也可以是＿＿＿＿＿。

27. ＿＿＿＿＿在追求欲望而采取行动时，与他周围的人和世界发生冲突。

28. ＿＿＿＿＿表面消极被动，但在内心追求欲望时，与其自身性格的方方面面发生冲突。

29. 一个场景即是一个＿＿＿＿＿，有着和电影剧本同样的结构准则。

30. ＿＿＿＿＿必须是一个人物的超级目标或故事主干的一个方面。

31. ＿＿＿＿＿构建场景，＿＿＿＿＿则构建故事设计中一个更大的动态单位＿＿＿＿＿。

32. ＿＿＿＿＿是一系列列的组合，以一个高潮场景为其顶点，导致价值的重大转折，其冲击力要比所有前置的＿＿＿＿＿或＿＿＿＿＿场景更为强劲。

33. 推动可以是任何＿＿＿＿＿、＿＿＿＿＿或＿＿＿＿＿。

34. ＿＿＿＿＿出现在推动事件之后，＿＿＿＿＿部分只是一场争执而已。

35. ＿＿＿＿＿是一个戏剧性的行为单元，通常耗费整个讲述过程25%的时间，在一部长度为110分钟的影片中，并且被一个称为建立的情境脉络所紧密结合。

36. ＿＿＿＿＿故事中最长的一幕。

37. 在某些影片中，还会在倒数第二幕高潮处或在最后一幕的进展过程中创造出一个＿＿＿＿＿，一个看似完成，以至于观众一时认为故事已经结束的＿＿＿＿＿。

38. ＿＿＿＿＿必须是最短的一幕，这是影片＿＿＿＿＿的地方，这是人物形象的＿＿＿＿＿地方，这是故事＿＿＿＿＿的地方，这是有＿＿＿＿＿实现颠覆旧世界和创新世界的地方，一般不超过＿＿＿＿＿。

39. ＿＿＿＿＿是指将知识一层一层铺垫好；＿＿＿＿＿是指将铺设的知识传达给观众以闭合＿＿＿＿＿。

40. 主人公及其故事的智慧魅力和情感魅力取决于＿＿＿＿＿对他们的影响，应与之相当。

四、名词解释题

1. 剧本

2. 即兴创作

3. 实验动画短片

4. 系列动画片

5. 连续动画片

6. 影院动画片

7. 爱情类型动画

8. 成长类型动画

9. 动作冒险类型动画

10. 犯罪/侦探类型动画

11. 恐怖/惊悚类型动画

12. 超级英雄类型动画

13. 麻烦家伙类型动画

14. 愚者成功类型动画

15. 如愿以偿类型动画

16. 家庭生活类型动画

17. 惩罚类型动画

18. 体育竞技类型动画

19. 机器人科幻类型动画

20. 魔法奇幻类型动画

21. 一个故事

22. 故事结构

23. 故事事件

24. 故事价值

25. 故事主线

26. 人物塑造

27. 人物压力

28. 人物揭示

29. 两难选择

30. 戏剧性需求

31. 观点

32. 态度

33. 主动主人公与被动主人公

34. 潜台词

35. 对白

36. 旁白

37. 场景

38. 幕

39. 闭合式结局

40. 开放式结局

五、简答题

1. 简要说明故事主线的基本概念和作用。

2. 简要说明激励事件的作用。

3. 简要说明故事鸿沟的概念和作用。

4. 简要说明主人公的特点。

5. 简要说明人物塑造的5个诀窍。

6. 简要说明场景设计的技巧。

7. 简要说明影片前10分钟的重要性和基本要素。

8. 简要说明三幕故事的特点和构成。

9. 简要说明展示、不要告知的写作技巧和方法。

10. 简要说明因果与巧合对故事产生的驱动作用和方法技巧。

11. 简要说明闪回的作用和处理方法。

12. 简要说明噱头、反复的噱头在影片中的作用。

六、论述题

1. 举例说明故事主线的发展过程与关键要素。

2. 举例说明节拍、场景、序列三者之间的关系和构建方式。

3. 举例说明场景与节拍、序列之间的关系以及它们是如何构建的，并如何改变人物生活中负荷价值的情境。

4. 举例说明一幕故事、两幕故事和三幕故事的特点和区别。

5. 举例说明对抗力量对主人公的智慧魅力和情感魅力所产生的作用和影响。

6. 举例说明伏笔、分晓在影片中的铺设方法。